声優白書

SEIYU
HAKUSHO

懸樋流水

KAKEHI RYUSUI

幻冬舎MC

声優白書

はじめに

この書には何人かの声優が登場する。ご期待を裏切るようで申し訳ないが、全て実在する人物ではない。この報告は完全なフィクションである。

ただ、筆者は実際に起きていること＝真実のみを書こうと努めた。実在しない名前によるフィクションなわけだから、どんなことを浮き彫りにしようと信じない人もいるかもしれないが、この本を書くことで様々な人の迷いを吹き払うと考えている。この本に書かれている〝事実〟を知って、一時的に落とし穴に嵌まったと感じてしまうような人が中にはいるかもしれない。しかしそれは一時的なことで、流れを理解してそれに乗れば、今まで以上に大きく美しく流れていくはずだ。少なくとも私はそう信じている。

この白書は、基礎でもなければ基準でもない。実際に現場で起こっている問題に正面から向き合い、その解決に努力し、真実に向き合うことで見える声優という生業を考えた報告書である。一つの命題について、一つの対談が実際にあったかのように書いているが、それは理解しやすさを考えたうえの〝演出〟であり、それ自体は現実ではない。伝えたい真実を活字にして伝えるには、逆に演出が必要であると筆者は考えた。

　この書で起こっている話を頭の隅に置いてもらって、〝表現とは〟〝声優とは〟何なのかを考えるきっかけになってくれればと思っている。

目次

はじめに　3

一　声優になるとは、どういうことなのか　7

一-一　声優になるとは、どういうことなのか　12
一-二　いい声優になるとは、どういうことなのか　26
一-三　第一線の声優となるために必要なこととは　40
一-四　声優という肩書とは　55

二　声優業という名の罠　71

二-一　台詞を噛む恐怖　76
二-二　合わない恐怖、合わせてしまう罠　89

三　一流声優だからこその難しさ　101
三-一　分野によって違う常識の真実　106
三-二　ナレーターという肩書の誤解　121
三-三　仕事をシフトするという考え方の危険　136
四　声優・ナレーター事務所マネージャー　神野慶太　147
四-一　神野慶太という男　149
四-二　里中眞未と神野慶太　156
あとがき　163

一　声優になるとは、どういうことなのか

まずは、神野慶太《かみのけいた》というマネージャーを紹介しておこう。神野は、この書においては悩める声優達の聞き役であり回答者でもある。声優業界とは関係ないところにいらっしゃる読者のために一応言っておくと、マネージャーと聞くとタレントに付くいわゆる付き人に近い存在をイメージするかもしれないが、声優業界に付き人は存在しない。マネージャーが仕事の現場に帯同して、身の回りのお世話をするというようなことはない。声優事務所においてマネージャーとは、営業部の社員のことを指す。

神野慶太は大手声優事務所・赤坂事務所の営業部の部長という立場だ。赤坂事務所は、日本でのテレビアニメ創世期に俳優事務所のマネージャーとして活動していた赤坂晃二郎が立ち上げた、いわゆる声優・ナレーター事務所である。

声優というタレントの実情を多少でも知っている方はすでにご存じかとは思うが、声優は全て完全歩合制である。給料制という事務所は存在しない。アニメーションなどのアフレコと呼ばれるスタジオでの仕事のギャラは、事務所が二割でタレント八割とほぼ決まっている。そのため一人の声優に一人のマネージャー、一つの仕事に一人のマネージャーが帯同してしまっては会社の利益は出ない。一般芸能タレント事務所のようにもっと事務所の取る割合を上げればよいのではないかと思う方もいるだろう。現にそうしている事務所もあるが、声優のギャラではどうにもやりようがないというのが現状だ。とにかく声優は一人で現場に行くことが大半。しかも自分の担当マネージャーという存在がいるわけではなく、一つひとつの仕事それぞれに営業担当のマネージャーがいる。声優というタレントは、その仕事ごと様々なマネージャーと話すことになる。同じような案件でも、担当が違うと全く相反することをアドバイスされたりすることがよくある。若い声優などはどう考えていいかわからなくなるのだ。これは声優事務所においては難しい問題の一つで、大手声優事務所に所属したのはいいが、このことが原因で声優が悩んでいるという話は絶えない。

そんな業界にあって、赤坂事務所はそうしたことからくるトラブルがほとんど無い。神野慶太はその赤坂事務所のマネージャーである。神野の事務所社員としての肩書は営業部の部長だが、会社と相談して自らのポジションをチーフマネージャーとしていた。それは本来タレントには担当マネージャーが必要で、現場には行かないとしても、その声優の全体をみていくマネージャーがいなければいけない、そう考えたからに他ならない。一人で全員の担当マネージャーであろうと努める、それが神野慶太というマネージャーなのだが、それは言うほど簡単ではない。二〇〇人を超えるタレント全員の担当であり、営業のチーフでもあるというのは精神的にも重圧だが、単純に全員と定期的に話しながら自らの営業担当としての仕事をこなすには時間が足りない。だがこの神野慶太の存在が、赤坂事務所が安定して業績を上げる大きな要素になっている。本書は神野マネージャーが様々な声優の相談に応える形で、実際に起こっている声優業界の問題を掘り下げ、その解決に努めたものである。

マネージャーによって言うことが違う、これは声優事務所の最大の問題だ。人間は人それぞれもともと言うことが違って当たり前なのだが、そういうことではない。アニメを担当するマネージャー、外画（洋画や海外ドラマの吹き替えのことをいう）を担当するマネージャー、テレビ番組関係のマネージャー、CM関係の担当など様々な営業担当がいるが、それぞれ演者に求めるものが全く違うという問題だ。言い方が違うという類ではない、相反するものを求めてしまうのだ。そのため両方を追求することが基本できない。しかし、声優は、アニメもゲームも洋画や海外ドラマの吹き替えも、番組のナレーションやCMのナレーションも、何でもやりたい。少なくともそう望む声優が大半だ。例えば、モデルさんが雑誌もショーもテレビも何でも出たい、と言うのとさほど変わらない。担当マネージャーにいかににして自分を売り込んでもらうかを必死に考え、日々美しさに磨きを掛ける。グラビアタレントならそれでいいだろう。声優はそうではない。複数のマネージャーと話す必要があり、それぞれ言うことが違う。担当分野よって違う表現を要求する。担当マネージャーがどう売り込んでくれるか、ではないのだ。どんなにトップの声優になっても同じことを悩んでいたりする。鵜呑みにしては潰れかねない危険なアドバイスが日々頻繁に飛び交う。新人声優の場合、それぞれのマネージャーが何か言ってあげようと頑張り、一方で声優は全ての話を吸収しようと必死になる。結果ちぐはぐな芝居が生まれてしまうのは仕方がないことなのだ。

神野慶太チーフマネージャーの人となりは後ほど触れることにして、まずは新人声優四人と神野の話を聞いてみることにしよう。

1-1 声優になるとは、どういうことなのか ～清水悠子～

清水悠子《しみずゆうこ》は、声優になることを目指している。幼い頃からアニメ作品を観るのが大好きで、アニメに出演できる声優になるのは学生時代からの夢だった。

東京の下町出身で、元気でお転婆で可愛い女の子と近所でも評判だったが、中学生になると一転、清楚なイメージの子になったと周囲の人は記憶している。両親が高校の教師というのもあったのかもしれないが、元来はそういう性格で、幼い頃のお転婆は単に快活だっただけということだったのかもしれない。運動神経も悪くなかったと思うが、中学時代は放送部、高校時代は演劇部に入っていた。その頃から夢であった声優を意識しての部活選びだったことは言うまでもない。将来は声優になる、そう心に決めて揺らぐことはなかった悠子だが、両親にはなかなか言いだせなかった。結局大学は普通に受験し、成績は優秀だったのもあって有名私立大学に合格、両親を喜ばせた。しかし、声優への想いは捨てきれず、アルバイトで貯めたお金を全部つぎ込み、こっそり声優養成所の夜間ワークショップに通った。そのワークショップから赤坂事務所のオーディションを紹介され、参加。見事に、赤坂事務所の預かり生となった。預かり生とは、事務所によってその扱いも異なるが、一般にいう、査定のある仮所属タレントといったところだ。声優事務所では、そういった新人を「預かり」「研究生」などと言っているが、悠子は大学に通いながら赤坂事務所の預かり生となった。

声優養成所のワークショップに参加し、そこで大手声優事務所のマネージャーの目に留まり、そこから預かりになったのであれば一般的にはかなり順調な新人かもしれない。しかし滑り出しがよければ活躍できる声優になれるというものでもなく、遅いデビューで大成する人もいる。第一線の声優への道は、遠く不透明だともいわれているが、その一端がデビューまでの難しさにもある。

悠子は、声優になることを両親にいつ話すか迷っていた。もし売れたら話そう、仕事が決まって世の中に名前が出たら話そう、そう思っていたが、同時に「本当にやっていけるのだろうか……」という不安が常に頭から離れなかった。

赤坂事務所の預かり生は、春から約一年間レッスンを受ける。冬の査定で所属でもやっていけると判断されれば、次の春から晴れて所属の声優となる。預かり生は、その査定を人生のターニングポイントだと考える。実際は就職試験や受験などと違い、一つの通過点に過ぎないのだが、当の本人達はそう考えない。事務所の査定こそ、一世一代の勝負の瞬間としている。清水悠子も例外ではなかった。預かり生として秋を迎えた悠子は、意を決して事務所を訪ね、神野マネージャーに話を聞くことにした。

清水　神野さん、単刀直入にお伺いするのですが、私は所属になれるでしょうか？

神野　それは、俺が個人的に決められる話じゃない。会議で決まる。全員そうだし、毎年のことだ

清水　それは聞いています。私は、神野さんの意見を伺いたいんです

神野　俺の意見は何の保証にもならないし、本当にわからない。査定会議は何が起こるかわからないんだ、本当に……

清水　わかっています。でも、何か保証に近いものがほしいんです

神野　「私はプロの声優になりました」っていう免許証でもほしいのか

清水　そう、あっ……でも正直所属にならないと何の自信も持てないし、誰にも言えないし……

神野　言っておくが、俺がここで「所属になれる可能性は高い」とか言ったところで、プロの声優になれたわけでも何でもない。仮に所属になれたからといって売れるわけでもないし、所属＝一人前の声優になれた、というわけでもない。それはわかっているよな？

清水　わかっています。でも、とにかく何かほしいんです

神野　所属になって、ホームページに名前が載って、それで両親に報告したい、そんなとこか

清水　そうです……やっぱり神野さんには全部お見通しですね。今の状況じゃ、私は両親には言えないです

神野　言っておくが、所属になっても給料が出るわけじゃないし、いったん売れたからといって長続きするかどうかはわからない。そういう世界なのはわかっているよな？

清水　それは、私はわかっています

神野　プロになったかどうかは、所属になったかどうかではないし、ちゃんとギャラをも

らえるようになって、アルバイトもしなくていいくらいになったら、それがプロだって言う人もいるけど、俺は違うと思う

清水　えっ？　じゃあ、神野さんが言うプロの声優って何なんですか？

神野　人を喜ばせることができる役者になったかどうか、それだけなんじゃないかな。もちろん仕事がもらえる声優、世の中から必要とされる役者になるってことが、結果として必要なのかもしれないけどね。稼げるならプロになる、両親にも言う、食べていけないのならここで辞めて両親には何も言わない……そんな甘い決意じゃ続かないんじゃないかな

清水　そんな……追い込まないでください。うちにはうちの事情があります

神野　パワハラみたいに聞こえるといけないのだけど、現実を隠さず言うとそういうことかな。稼げない場合はこの道に行くことが許されない、そういう家庭事情で、自分もそう思っている……だから、素質があるかどうかは判断してほしいっていうのはあると思うが、素質があったって売れる保証はない

清水　神野さん、そういうところは本当に厳しいですね。でも、私にそう言ってくださるってことは、私には可能性があるってことですよね？

神野　可能性はみんなにある。もちろん清水にもある。飯が食えるかどうか、誰しも考えることなんだが、そこをあまり考えない人のほうが稼げるようになるのが芸の道ってもんでね

清水　どういうことですか？

神野　毎年している話だが、所属で残ることばかりを考える、仕事ができるようになるにはどうすればいいんですか？ってよく言う子ほど仕事が無いものなんだ。芝居が好きで、何も考えていないように見える子ほど仕事がある

清水　神野さんがよく言う、仕事から逆算するなってことですか

神野　そういうことなんだろうなぁ。一年目から僕らサラリーマンでは考えられないような金額を稼ぐ子がいるが、そういう子ほど稼ぎのことは考えていない感じがするんだ。仕事はみんなやりたいわけだし、所属にはなりたい、そう思っている。ただ「仕事がしたい」「稼ぎたい」「声優という肩書がほしい」と言っている人ほど頑張っても所属にはならない、そういうものなんだ

清水　私は……お芝居好きです。両親が反対しているのをわかってここに来ました。どんなに反対されても続けます

神野　うーん、じゃあ、大丈夫かな
清水　本当ですか⁉　私、所属になれますか
神野　だから、俺の一言で所属が決まるわけじゃないって。ただ、その気持ちは一番大事だって話。両親には早く事実を伝えることだ
清水　あー、結局そこか。神野さんは厳しいなぁ
神野　大事なことだ。家族に嘘をついて芸の道を続けても大成しない
清水　はい……

両親には正直に言いなさい……そんなことを言うつもりではなかった。神野としては、清水悠子が真っすぐ芸の道に向かってくれるにはどう言うべきなのか、それだけを考えていた。声優の学校や養成所を卒業したら声優になれるというものではない。芸の道に入ること、そのことを楽しみに感じて、覚悟をもって決断したかどうかなのだ。事務所の研究生にまでなったのならば、そのことはもうずっと前に決断しているはずなのだが……。
神野　しかし清水の場合、一年近く経って、査定も近いのにこの仕事量じゃ、不安になる

のも無理はないなぁ

清水　そうなんですよ、そこですよ。私のお芝居って、何か決定的に駄目なところでもあるんでしょうか？　レッスンとかだと、特に何も言われないんですよ。でも、手応えもないし仕事も無いし……

神野　うーん、何が駄目の前に、何が長所だと自分では思っているのかな？

清水　長所ですか……ワークショップ時代から先生に言われていたのは、清水は芝居が自然でいいって言ってもらいました。私も等身大の演技で人を感動させられるような、そういう芝居がしたいって、ずっと思っています

神野　うーん、清水は、新劇は好きか？

清水　あの……前にも聞かれたんですけど、新劇ってよくわかっていなくて、要するに舞台のことですよね？

神野　いや、違うな。舞台全般のことじゃない。新劇の舞台、そういう系統の芝居が好きか？って話だが、そこを未だに知らずにやってるのか

清水　すみません、わかってないです

神野　高校時代演劇部だっただろう。どうやら顧問の先生は新劇じゃなかったようだが、

新劇の舞台くらいは観たんじゃないのか

清水　多分観てないです、というか、よくわかってないです

神野　そうか……

新劇とは何か。それをここで説明するのはとても難しい。「新劇とは何か」それはつまり「声優とは何か」と訊いているようなもので、一言ではとても言い表せない。誤解を恐れず簡単に言うと、歌舞伎などの旧劇に対して、喋り言葉での舞台が新劇ということになるが、ここで神野が言う「新劇」とは、いわゆるクラシカルな演劇のことを指している。歴史のある劇団や国立演劇所がやっている芝居のことだ。映画やテレビドラマなどの演技、小劇場での舞台演技（便宜上、この後、神野はこれらの演技のことを〝リアリズム系〟〝小演劇系〟などと呼ぶが）、それとは違うということを言っている。

神野　アニメや外画での芝居感というのは、その昔、新劇の大御所の方々、まぁ今の大御所といわれる方々の先輩にあたるような役者さん達がつくった形なんだよね。それが一般にも浸透していて、支持もされている。それは、テレビドラマや映画で観る芝居感と

は全く違うもので、初心者が芝居をつくる段階では別ものだと思ったほうがいい。だけど、これを混ぜて教えてしまっている人や学校が多いんだ

清水　混ざると、駄目なんですか？

神野　駄目だね、理論も美意識も全く違う。一つの駄目な芝居に対して、全く逆方向の二つのアドバイスが存在することになる。逆だということがわかればまだいいけど、少なくとも芝居を教わっている人にとっては、わからなくなるケースのほうが多いんじゃないかな。新劇をベースにしたお芝居の中での〝ナチュラル〟と、リアリズム演劇でのナチュラルを追求した演技では、求める〝ナチュラル〟が全く違う。でも、指導する人は「もっとナチュラルに」としか言えないし、言わない

清水　よくわからないんですけど、何か稽古の途中によくそんなことを言われたような……

神野　「もっとナチュラルに、自然に」と言われて頑張ってやっても、もともとリアリズムの人がナチュラルにやったら、どんな芝居をやっても違うって話になってしまう。声優になりたいなら、リアリズム系のお芝居からはいったん離れないといけない

清水　えっ、ちょっと待ってください。ドラマや映画で観ているあのお芝居と声優のお芝

居は違うってことですか？

神野　もちろん違う。いや、そう言いきってしまうとそれも違うかな……。一つの作品を観ている中では、演者はみんな近い芝居感になる。相手もいるし、演出もあるから当然だろう。だから、作品を観ている中では、海外ドラマの吹き替えであろうがテレビドラマであろうが、演者の〝本来持っている芝居感〟なんてものはわからない

清水　はぁ……

神野　芝居の基本なんてものは、いくつもあって、教える人によって最初から言うことが違う。そんなものなんだが、とにかくテレビドラマや小演劇を中心に出ている俳優さんと新劇の舞台俳優や声優とでは、演技の基本的理論が大きく違うんだ。日本でプロの俳優を目指すと必ずどっかでこの話にぶつかる。学校といわれるところで勉強しておいてほしい話なんだけどね

清水　神野さん、それってプロの声優さんはみんなご存じの話なんですか？

神野　理論的にわかっていなくても、感覚的にはみんなわかっていると思う。預かりの最初のレッスンでも相当言ったつもりなんだけど、伝わらないんだなぁ、これが。いい芝居には一つの方程式が存在する、そう考えたいのもわかるんだけどね

清水　演劇部の時もワークショップでも全然言われなかったです。私、通うとこ間違えたんですかね？
神野　どこに通えばよかったかではなくて、今の話がわかる先生に出会っていたかどうか、だね。第一線の声優さんで声優学校の先生をしている人は、新劇出身の人が多い。でも、新劇色が強い芝居を教えるとあんまり生徒に受けがよくないみたいでね。どうしてもリアリズム系の理論に寄るんだなぁ……難しい問題だ
清水　神野さん、私は、どうすればいいんですか？
神野　そうだな、まず……新劇の芝居を観に行くしかないかな
清水　百聞は一見にしかずですね
神野　まぁ、そうとも言うか……。前向きなのはいい
清水　でも、新劇の舞台って高いですよね
神野　そうねぇ。養成所に大金つぎ込んだ女の子がそんなことを言うんだからなぁ
清水　若い時は必死なんですよ！　卒業したらお金稼げるもんだと思ってたんで……
神野　夢のある素敵な芸事だと思うんだけど、間違って捉えられていることが多いんだよね。目指してくる若い子にはどう伝えるのがいいのか、それが難しいんだな。まぁ、と

にかくみんなで舞台を観に行くかな

清水　やったー、それはそれで査定と関係なく楽しみ～

神野　遊びに行くんじゃない、勉強だ！

芝居を数回観に行ったところで、全てがわかるはずはない。むしろ数回じゃ何もわかりはしないと言ってもいい。しかし、知らないまま続けても上達はない。実際、これを機に清水悠子の芝居は少しずつ変わっていき、何とか所属の査定には間に合った。

芝居は早いうちからやったほうがいい。それは過去の声優の経歴から見ても明らかだ。一方で子どもに芝居を教える大人には覚悟がいる。声優になるということを若い子に教える、それは単にお芝居の基本やテクニックを伝えるということではない。プロを目指す子達に、芸事に向かう心構えを教えるに他ならない。

本来は中学校や高校で、美術や音楽、書道などと並行して演劇も教えてほしいものだ。その場合は演技の基本やテクニックなどを教えればいい。日本語の読解力も付くし、人前で大きい声を出せるようにもなる。授業で演劇をやったことがあれば、将来プレゼンが上手な大人になるだろう。結婚式での挨拶の声が聞こえないような大人には絶対にならない。

子どもの頃は人前に出るのが苦手だった……そんな若者が声優になりたいと意を決して専門学校や養成所に通ったりする時、その子達からすれば、先生はどの年代に出会った大人よりも大きな存在となる。それは言わば人生の師だ。これから世の中に出ようという若者に芝居を教える者はそのことを肝に銘じなければいけない。そして、教わる側も、師を間違えてはいけないのだということをわかっておかねばいけない。いい師に出会って、表現力を身に付けて、声優になる。素敵な声優になるためには、その師を見極めることが最も重要なのだ。

一-二　いい声優になるとは、どういうことなのか　〜沢村祐太朗〜

沢村祐太朗《さわむらゆうたろう》は、査定を前に悩んでいた。赤坂事務所の預かり生になりレッスンには楽しく参加していたが、とにかく手応えがない。周りの有能な仲間からその才能を見せつけられていたとはいうものの、劣等感が募るというほどでもなかった。声優学校では優等生で、赤坂事務所も自分から希望してその座を射止めたほどだ。誰よりも調べ、研究し、多くのピースを集めて上手く組み合わせる。その職人としての力量に自信はあった。実力のある息の長い声優になるのは自分のような人間なのだと密かに思っていたが、一方でそれは勝手な思い込みであり、プロの声優は違うのではないかとも思いはじめていた。一年のレッスンを通して何かが違うのは感じていたが、それが何なのかよくわからないまま査定を目前に控えていた。

因みに、実力のある声優とはどんな声優のことをいうのだろう。それは、もちろん技術のある声優のことをいうのではないのか。技術？　決められた尺に合わせたり、噛まないで台詞を言えるテクニックのことか。そんなことより、芝居がいい声優のことをいうのではないのか。そう、表現の世界である以上それは重要なことだ。声優のいい表現、それはどんな表現のことをいうのか。声優は、他の芸事をやっている方々と同様、日々様々な疑問と直面する。沢村は、この〝いい表現とは？〟という命題を神野から突き付けられ、目の前が真っ暗になった。

　沢村に限らず、この悩みを（とりあえず）解決できるかどうかが、声優としての最初のポイントになる。しかしこの答えを導きだせる指導者は少ない。仮に「噛まない技術を磨くこと」を教えるのが指導内容であれば、教える先生は簡単だ。ただ観ていて聴いているだけでいい。どんな先生でもできる。ただ、表現の基本無しに噛まない読み方をがっちり身に付けてしまうと、取り返しのつかないことになる。仮に「尺に合わせて読むこと」が重要なポイントだとすると、それを監督することも誰にでもできる。しかし演技ができていない人が尺に合わせて読むテクニックを身に付けてしまうと、永遠に声優にはなれないと言っても過言ではない。声優の専門学校や養成所などが数多くあるが、声優というタレント業が狭き門になっているのは、要するに教えるということが、一見簡単なようで実は非常に難しいからだと推測できる。
声優業にマニュアルは存在しない。それは、声優業界にいる人間からすれば当たり前のことだが、この世界の外にいる方々は、声優は〝職人〟だと思っていることが多い。手に職を付ければ食べていける、その〝身に付けた職〟を頼りに〝こなせる仕事〟の一つが声優だと思っている人がいるが、それは大きな間違いだ。声優という生き方は、芸の道に他ならない。沢村祐太朗は、声優は職人だと認識して目指し、そう教わって、しっかり練習もして自分は優秀な職人の卵なのだと意識して、赤坂事務所の預かり生の座を掴んだつもりだった。

沢村は千葉の出身だ。不動産の謳い文句でいうところの都心まで好アクセスという大型マンションに住んでいたが、両親ともに千葉市内に勤めていた。小中高と学校には真面目に通っていたが、取り立てて成績はいいわけでもなく悪いわけでもなく、部活には入っていなかった。とにかくゲームが好きで、友人はみんなゲームを通じて意気投合した仲間だった。どんな種類のゲームも一通りこなし、ゲームを通じてならどんな仲間とも話ができた。ゲームセンターに行くことはなく、友人と誰かの家に集まるか、オンラインでやるか、とにかく外に出ることは少なかった。

高校卒業を数か月後に控えたある日、両親はしびれを切らして祐太朗を問い詰めた。将来一体何の仕事をしようと考えているのか、大学に行くのか、専門学校に行くのか、就職するのか。祐太朗はそこで咄嗟に「俺は声優になる」と答えた。両親は一瞬驚いたが、普段あまりはっきりものを言わない子が、本当は確固たる意志があったのだとむしろ肯定的に受け入れた。ゲーム好きだった彼の中では、声優は憧れの職業の一つではあったが、本当に「声優を目指す」という決断をしたのは、この後のことだった。両親の前でつい口を滑らせてしまったというのが実際のところだが、将来のことを何も考えていなかった中で、突然自分の目指す職業を見つけた気持ちにもなった。祐太朗は残りの高校生活を声優学校探しに費やし、両親もそれを応援した。そして、高校を卒業して東京の声優学校に入った。

もともと声優のことに詳しかったわけではない沢村だったが、声優学校に行くと決めてからはとにかく情報を収集し、いつしか声優オタクとなっていた。有名声優の台詞やナレーションを聴き込む一方、自宅の押し入れを改造して自作の簡易収録ブースを完成させ、好きな声優のコピーを始めた。専門学校には真面目に通い、最も模範的な生徒として表彰もされたほどだった。社交的とは言い難い性格の沢村は、学校内の舞台発表ですらメインの役をやることはなかったのだが、声が低くよく通るといわれ、声優事務所からは多く声が掛かった。決して派手ではない真面目な性格の沢村が大手声優事務所からも声が掛かったのは学校としても嬉しく、本人がどこを選ぶのか注目されていた。自他ともに認める声優オタクとなっていた彼は、講師として来ていた第一線の声優を通じて、オーディションには来ていなかった赤坂事務所を紹介してもらい、見事に預かり生となった。

預かり生になってからの沢村は、それまでと変わることなく、真面目にレッスンに参加し、研究も怠らなかった。ただ、声優学校時代と違って、レッスンでの手応えは全くないまま一年近くが過ぎようとしていた。声優学校時代は、周囲の仲間はみんなゲーム好きで声優好き。彼のオタクぶりは貴重な存在として受け止められた。しかし赤坂事務所の預かり生としては、その声優オタク的性質はむしろマイナスイメージだった。有名声優を真似た芝居も痛烈に批判され、年度の後半は台詞に対する恐怖感さえ生まれるようになっていた。

仲間以上に努力しているという自負はある。ナレーションになれば一番噛まないのは自分だし、尺を合わせるのが一番上手いのも自分だ。評価されている仲間が、どこか凄いのはわかる。いずれあの子達はトップ声優になるだろう。その雰囲気があることは声優オタクの千里眼がすでに答えを出している。しかしその仲間と比較して自分は何が劣っているのか。それが沢村にはわからなかった。

沢村は六本木にある事務所を訪れ、神野を待った。

沢村　神野さん、忙しいところ本当にすみません。僕は一体何が駄目なんでしょうか？

神野　なるほど、沢村は自分が駄目だと思っているわけだ。最初の頃は、自信満々だったのにな

沢村　確かに、最初の頃のレッスンでは、みんなたいしたことないなぁとか思ってました。でも、やればやるほど自分が小さく見えてきて、みんなどんどん成長していくのに自分は取り残されている感じで……

神野　因みに、どんな時にそれを感じるんだ？

沢村　うーん、明確な瞬間とかがあるわけじゃないんです。何かいつの間にか、雰囲気が違うというか……

神野　いつの間にか周りはプロになっていくのを感じた、みたいなことかな

沢村　そうです、まさにそんな感じです。周りはプロになっていくのに自分はまだアマチュア……。練習は人一倍しているつもりだし、台詞を噛んだりしてないのに何でって

神野　沢村から見て、周りの優秀な子は何がいいのかな？

沢村　上手く言えないんですけど、オーラが違うんですよね、同期なのに変なんですけど。杉村さんとか、彼女は近い将来、スターになりますよね。わかるんですよ、台詞が上手いとか以上のものがあるじゃないですか

神野　杉村にあって、沢村に無いのは、声優としてのオーラみたいなものってことになるが、そうなのか？

沢村　そうですね

神野　じゃあ、オーラが出るにはどうすればいいかを考えればいいんじゃないのか？

沢村　それはそうですけど、全員が全員オーラが出るってもんでもないですよね。僕は、どちらにしてもオーラが出るようなタイプの声優ではないでしょうし

神野　うーん、じゃあ沢村から見て、オーラの出ていない声優っていうのは、例えばどういう人のことをいうんだ？

沢村　どういう人って……そういう声優さんたくさんいらっしゃるんですよね？　所属の

方でも僕の知らない方もたくさんいらっしゃるし。今まで直接お会いした方は、声優学校に講師に来られていたスターの方ばかりで、皆さんオーラありましたけど

神野　直接会った人はみんなオーラがあったんだ

沢村　はい、ありました

神野　なるほどなぁ。多分だが、沢村の考える、オーラの無いプロなんていうのはいないんじゃないかな

沢村　えー、そんなことはないでしょう。全員スターってことはないわけだから、職人的な声優っていう方がたくさんいますよね？

神野　職人的な声優ね……。因みに沢村がスターだというところの同期・杉村繭子は職人声優ではないんだ？

沢村　彼女は職人的な声優ではありません。スターです。間違いないです。彼女は台詞もナレーションもスターです

神野　なるほど、沢村がプロに近づかないのはそこかもな

沢村　どういうことですか

神野　声優は、一部のスターと職人的役者で構成されていて、例えば杉村は前者（スター

声優）、自分は後者（職人的役者）を目指しているという、その考え方だ
沢村　そう考えることの何が駄目なんですか？
神野　そうじゃないからだ
沢村　そうじゃない？　何がそうじゃないんですか。全員がスター声優を目指さないといけないんですか？
神野　そういうことではない
沢村　逆ですか？　スターはいない、全員職人とか……
神野　それは違う
沢村　どういうことですか？　わからないです
神野　声優は、職人じゃないってことだよ。もし杉村繭子がスターだと言うなら、プロの声優というのは全員スターってことにはなる
沢村　どういうことですか、スターじゃない声優さんもたくさんいるじゃないですか！
神野　どこに？
沢村　赤坂事務所でも、そこまで有名じゃない方がいますよね。その方々は職人じゃないんですか？

神野　仮に赤坂事務所の人が全員同期だったとしたら、全員スターなんじゃないかな。杉村がスターなんだから

沢村　まさか、そんな……。職人声優を目指している人は赤坂事務所にはいないってことですか？

神野　違うよ。赤坂事務所に限らず、沢村の思う〝職人声優〟なんていうのはいないんだよ。いないというか、声優とか俳優とかに限らず、表現者っていうのは、基本〝職人じゃない〟んだ

沢村　それは……

神野　社会のせいでもあると思うんだけどさ。将来何になりたいか？って問われた時に、言い淀んだりすると、手に職を付けろっていわれるじゃない。手に職って何だって調べたりすると、重機が扱えるとかさ、看護師さんとか美容師さんとか、技術を習得して資格を得ることが就職につながるって書いてある。声優もさ、技術を習得して与えられた作品のアテ台詞をこなしていく仕事＝職人的仕事なんだって考えてしまうものなんだけど、そうじゃないっていうのは今の沢村ならわかるよな？

沢村　はい……

神野　台詞やナレーション、表現っていうのは、どんなに速く噛まずに読めたとしても、読んでいるように聞こえたら、それは使えない。作品に必要なのは、演じているのだけど演じているようには聞こえない、本を書いた人のイメージの人がそこにいる。伝わる、感動する、笑える、〝相手の心に刺さるような表現〟がそこに無いと意味がないじゃない

沢村　……

神野　そんな表現ができる、その表現を届ける人が、声優っていう人達なんじゃないかな

沢村　それはわかります。でも、基本を勉強する段階から、そこまでのことを考えないといけないんでしょうか？

神野　沢村のいう〝基本〟って何なんだ？

沢村　それは、しっかり声が出るとか、噛まないように読めるとか……

神野　結果、読んでいるように聞こえてしまう台詞のためのそれは、基本じゃない。芝居の基本は、そんなことじゃないんじゃないかな。相手に伝わる、その人がそこにいるように聞こえるための表現の基本は、方程式のような勉強じゃ出来上がらない

沢村　……

神野　何度も説明したつもりなんだけどね。わかってはいるけど、認めたくないってことなのかな

沢村　神野さん……ということは、僕は駄目なんでしょうか？

神野　何が駄目なんだ？

沢村　そうだとしたら、僕が今までやってきたことは無駄だったってことですよね

神野　目指すところが見えれば、無駄なんてない。今までがあったから今があるわけだ。沢村は、いい声優やオーラのある表現者を感じられる能力がある。自分はスターの才能は無いから職人になろうと思ったのかもしれないが、そもそもスターも職人もない、いい表現者を目指すだけなんだって思えば、それを見分けられる感性はあるわけだから、鍛え方次第なんじゃないか

沢村　あー……僕は何やってたんですかね。遠回りしすぎだ。今からやって間に合うんでしょうか

神野　芸事に間に合わないなんてことはない。そもそも芸の道に近道なんてないんだ

芸の道に近道はない……そんな言葉が、沢村祐太朗という若者に伝わるとも思わなかっ

た。しかしそう言うより他ない。これを勉強すれば、いい成績が取れてプロになれるというものではないのがエンターテインメントを構成する芸事の世界だ。声優業もその一端に他ならないのだから。

沢村祐太朗のような若者が、専門学校・養成所レッスンを飛びだし、芝居にのめり込んでくれる日が来るだろうか。芝居の楽しさを覚えて、そこから自身の魅力がどんなところにあるのかをわかるようになってくれたら……とは思うが、彼がどこまでこの内容を理解したかもわからないし、仮に理解したとしても納得したとは限らない。事実、違う考え方の人がいるかもしれないのも、また芸の世界だ。

査定の結果、沢村祐太朗は預かりから外れた。ただ、査定会議の中で意見が割れたのもあり、微妙な判断ではあった。しかし、彼には査定に落ちたという事実しか脳裏には残らなかったと後に語っている。

声優業とは資格があるものではない。そして事務所に入ることが資格に近いというものでもない。査定に落ちても落ちなくても、それは一つの通過点でしかないのだが、なかなかそのことは若者には伝わらない。ただ沢村祐太朗という若者には伝わっていたようだ。彼は翌年違う事務所に拾われ、数年後には彼が同期のスターだと語った杉村繭子と肩を並べるまでになっている。

この業界は一つの評価が全てではない。基準の曖昧な世界、方程式の無い世界だからこそ、信じる自分の感性が大切となる。若者にそれを教える先生の責任は大きい。その表現は芸の道、彼が誰の教えを信じてプロになったか、それは重要なことだ。その師弟関係は事務所の垣根を越えて一生続く。逆に、師匠選びを間違えると、その才能が埋もれてしまうこともある。教える大人は、その責任の重さを常に感じなければいけない。

実力のある声優になりたい、その想いは素晴らしいことだ。あらためて言うが、そこにマニュアルは無い。声優とは職人ではないからだ。査定などがある場合、わかりやすい一定の基準がないと評価ができないではないかといわれるかもしれないが、声優業は技術の採点競技では決してない。その実力とは、人の心に届く表現、そのベクトルの強さを持っている人のその力のことを言っている。作品を観て幸せな気持ちになってくれる、その演技に心を打たれたと言ってもらえる声優を目指さないといけない。人を幸せにできる、そんな表現を出せる人がたくさん出てきてくれること、それは神野マネージャーにとってだけでなく、全ての人にとっての願いでもあるはずなのだ。

一-三　第一線の声優となるために必要なこととは　～杉村繭子～

杉村繭子《すぎむらまゆこ》は、事務所期待の新人声優だ。同期の沢村祐太朗をして〝スター〟と言わしめた存在である。

新潟の小さな田舎町に生まれた繭子は、幼い頃はおとなしい子どもで本ばかり読んでいた。小学校の成績は両親もびっくりするほどずば抜けていたが、何かしらの発表会があっても、クラスの代表になって出ていくようなことはなかった。中学生になってもその傾向は続いたが、青年スピーチコンテストで県の代表となり優秀賞をもらった頃から繭子の価値観は変わっていった。内向的な性格とはいわれなくなり、人前で何かを表現することを常に考えるようになった。

本とテレビが好きだった繭子だが、特に魔法界ハリー作品が一番のお気に入りだった。本は何度も読み、映画も何度も観た。その映画の日本語吹き替えが彼女の声優人生のモチーフになったことは言うまでもない。現実的な引金となったのは、高校生になってから新劇の劇団として有名な「劇団青《げきだんあお》」の旅公演を観たことだ。後に心が踊ったと語っているが、大きなものを感じたことは紛れもない事実で、この芝居は彼女のその後の人生にも大きくかかわることになる。

繭子は三人姉妹の末っ子だ。姉二人は地元の企業に就職して、早くに結婚。何をするにも三番目だった繭子は、両親から何かを押し付けられることはなかった。進路についても自由だったため、高校卒業後はとにかく上京することだけを決めていた。

一般に地方から東京に出て声優を目指すとなると、声優養成の専門学校に行くことが多い。多くの声優がそうであると様々なサイト上には書かれているからだ。だが繭子はそれを是としなかった。単に自分がいいと思う俳優や声優に声優学校出身の人がいなかっただけなのだが、この感覚が後の繭子の声優人生を決めることにもなった。

彼女は声優事務所の大手・赤坂事務所のホームページの募集からオーディションに呼ばれ、そこから残って預かり生となった。何千という応募の中から10人の預かり生が選抜されたのだが、特に学校にもワークショップにも通っていない若者が選ばれたのは異例のことだった。全てのマネージャーがその芝居を評価していたが、それが誰の指導も受けていないものとは全く思っていなかった。

藺子は預かり生の中でも際立った表現力で、すぐに注目を集めることとなった。春先に録った最初のボイスサンプルがすでに出色の出来で、事務所のマネージャーのみならず、一部の制作者の間でも噂になった。今年度の赤坂事務所の預かり生にいいのがいる、そう言ってくれる制作もいて、各所で名前が挙がるようになった。夏には様々な現場に呼ばれるようになり、秋にはアニメの主役オーディションの最終候補に残るまでになっていた。一方で、大きなＣＭのナレーションなども決まり、まさに事務所期待の新人としてその名前は広まった。

そこまでになればもちろん次年度は所属となる。年度末の査定などほぼ形式的なものになりそうなものだが、本人は査定を前に悩んでいた。藺子は事務所を訪れ、神野に話を訊いた。

杉村　神野さん、私の芝居は大丈夫なんでしょうか？
神野　芝居というものはどこまでいっても大丈夫なんてことにはならない。俺が言うには役不足だが、芸の道に終わり無しって言うからなぁ

杉村　そういうことじゃなくて、もちろんこれで大丈夫なんてことはないのはわかっているつもりなんですけど、何て言うか、その……手応えがないっていうか、わからないんです。今は何を努力していいのかもわからなくなってきて、この方向で合っているのかどうかっていう……

神野　方向音痴ってことか。それはまずいね。事務所に来る前はそんなことはなかっただろ

杉村　方向音痴になったのは事務所に入ってからというか、最近です。大海原に出て迷ってしまったような感じで、方位磁石がほしいんです

神野　方位磁石か。上手いこと言うね。方向が感じられないということすらわかっている子も少ないし、杉村は相当しっかりしているはずなんだけど、それでも見失う方向……難しいなぁ

杉村　迷子を前にして、他人事みたいに言わないでくださいよ。もちろん正解なんて無いのはわかっているんですけど、私の感じている方向はやっぱり大きく何か違っているのではないかと……

神野　確かに、ちょっと壁に当たっているのは事実なんだろう。少し頭の中を整理してみ

ようか
杉村　はい……
神野　杉村は、もともと劇団青の芝居が好きで、自己流で芝居を始めた、そうだよな？
杉村　そうです
神野　その自己流の芝居で、赤坂事務所に偶然拾われた
杉村　はい
神野　アニメや海外ドラマの吹き替え、ラジオ番組やテレビ番組のナレーション、ＣＭのナレーションなど、色々できる実力のある声優になりたいと思っている
杉村　はい、そうなりたいです。頑張って勉強します
神野　その、頑張って勉強する〝方向〟がわからなくなった、ということでいいのかな？
杉村　そうです、だから私の解説はいいですから。私はどうすればいいんですか⁉
神野　結論から言うと、無理……
杉村　えっ！　無理⁉　私、そんなに駄目なんですか⁉　期待の新人とかいわれてたのは、嘘だったんだ。あー、やっぱりなぁ。そうなんだ。私は何を有頂天になってたんだろ、やっぱり……

神野　ちょっと待て！　本当におまえはすぐそうやって駄目なほうに思考がいくからな。杉村繭子が駄目なんて言ってないだろ

杉村　だって、今、無理って……

神野　そういう意味じゃない。アニメや外画、番組ナレーション、CM、そういうものを全部一度に最初からやるのは無理だって話

杉村　えー⁇　どういう意味ですか？

神野　それぞれ求められる表現、芝居が違うわけだから、最初から同時に全てを吸収しようとすると混同するし、教えるほうが間違えると、本来持っているよい部分を潰しかねない

杉村　あー、そういうことですか。確かにそれはやっていて何となくわかるような……

神野　それぞれ芸事として求められる感覚が違うんだ。国英数理社の五教科なら全部得意という人が中にはいる。実際問題、ある程度平均的に取れないとセンター試験はパスしない。苦手な教科を一生懸命できる子が優秀な学生ということになる

杉村　それと同じじゃないんですか

神野　全く違うね。例えば、理科と社会、同時に勉強したとしてもお互いがマイナスにな

るというようなことはない。本人がどちらかが苦手というようなことはあっても、苦手なほうを懸命に勉強することで他方に害を与えるというようなことはない。むしろ密接にかかわっているから相乗効果すらあると言ってもいい。だが、芸事は違う

杉村　違うんですか……

神野　例えば音楽だと、クラシックとジャズは、初心者が同時に始めるものではない。そうだろ？

杉村　それはそうですね、ピアノでクラシックとジャズを同時に始めるなんてことはないですね……えっ、そういうことなんですか⁉

神野　ちょっとわかったか。じゃあこのまま音楽に例えてみよう。杉村の芝居は、今のピアノの例えでいうと何だ？

杉村　独学で自己流だから、ジャズみたいなものってことですか？

神野　そう考えがちだが、そこが違うんだな

杉村　えっ、でも、私ってクラシックじゃないですよね？

神野　やはり、迷子だな、もう一回最初からいこう

杉村　はぁ……

神野　まず、そう単純なものでもないが、さっきのピアノの例えでいうところのクラシックというのが、新劇っていうところだろう。アニメや外画での表現というのは、新劇の重鎮の方々がその形をつくったものでね、それが世間に認知されている。支持もされている。今の第一線の声優さん達はそれを踏襲している、わかるよな

杉村　それは、最初の神野さんのレッスンで何度も聞きました。私も新劇が好きなので、わかっているつもりです。でも、実際の現場は、新劇のそれとも、私が事務所に入れてもらう前に練習してきたものとも違うようなことばかりで……でも言われたことをレッスンでやるとまた駄目って言われて、何が何だか

神野　ちょっと待て！　迷路に入ってる。少し整理しよう。まず劇団青はいわゆる新劇の劇団で、杉村はそれが好きで憧れてその芝居を手本に稽古してきたわけだから、それは自己流であろうが新劇の類であって、言わばクラシックなわけだ

杉村　あー、そういうことですか

神野　実際の現場では事務所に入る前にやってきたものが全く通用しないって言うが、それはアニメや外画の現場じゃないよな？

杉村　あー、はい。通用しないのは、ラジオドラマとかＣＭの台詞とかですね

神野　その現場は、新劇の人はベテランでも初めてなら簡単にはこなせない

杉村　アニメと違って、基本だけじゃ通用しないってことですか？

神野　全然違う。まるで、アニメは基本だけで何とかなるような言い方だな

杉村　いや、決してそういう意味じゃないです。ただ、私はアニメや外画のほうがまだ戦力になったかなと……最近逆にわかんなくなってきましたけど

神野　だから、杉村繭子はアニメや外画ではその芝居感が合う。しかし、CMやラジオドラマの台詞っていうのは全く違う芝居感が必要で、アニメ・外画的新劇の延長じゃないんだよ。さっきの音楽の例えでいうところのジャズとかJポップみたいな感覚が必要ってことになる

杉村　新劇の芝居が全ての基本じゃないんですか？

神野　もちろん、歴史ある新劇系劇団の養成所で教えることが、ピアノの例えでいうところのバイエルみたいなものではあるかもしれないが、プロのピアニストになるにはその先が重要だというのと同じかもしれない。CMの現場がジャズなんだとしたら、どんなに堪能な若手ピアニストであっても、クラシックしか知らなければ現場のセッションは上手くいかない。周りはみんなクラシックを知らないジャズの人ばかりなわけだし、バ

ンドマスターもジャズの人が来ている前提で指示を出すわけだからね
杉村　そうなんですか！　だとしたら、私、ラジオＣＭで事務所所属の第一線の方とお仕事させていただいたりしましたけど、それってバイエルしかやっていないような若者がジャズの現場でベテランの方とセッションしたってことですよね！　私は何でそんなところに呼ばれたんですか？
神野　だから、セッションには呼ばれたけど全然できてなかった。その現場では評価も高くはなかっただろうし、その方向のレッスンでもあまり手応えはない、そういうことかな
杉村　そんな現場に私は何で呼んでいただけたんですか？
神野　たまたまかな。言ってみればキャスティングミス
杉村　えー、そんなぁ……私がＣＭに行くのはキャスティングミスなんですか？
神野　現時点では、そういうことになる。実際、手応えがないのはそういう現場だろう
杉村　だとしたら、多すぎません？　キャスティングミス
神野　仕方ないだろ。マネージャーだって全員がプロじゃない。選ぶディレクターやプロデューサーも新劇・小演劇云々なんてことは知ったことではない。キャスティングが上

手くできていないケースは多々あるし、むしろそういう現場に呼ばれて喜ぶ声優さんのほうが多いから、マネージャーもキャスティングミスなんて言っていられない。まぁ、そう乱暴に言ってもまずいんだが、それが現実だ

杉村　えー、私はどうしたらいいんですか?

神野　それを理解して進むしかないってことだ。例えば、「もっとリアルに」って言われたりするだろ。それは、アニメや外画の現場なら、その演出の方は基本新劇系の人に言っているわけだから、そういう役者さんに対して「もっとリアルに」と言っている。もう少し〝生っぽい感じ〟とか、自然に聞こえる台詞感を求めているのだと推測できるのだけど、それはドラマやCMのナレーションの時に求められるような〝リアリズム的な芝居のリアル〟ということではない

杉村　何を言ってるかよくわからないです

神野　難しいよな。要は、杉村繭子の場合、今はCMの現場に行っても現時点で成果は出ない。そこで言われたことは、とりあえず今は全部忘れていい。アニメと外画の現場で言われたことと混同しないこと。はっきり分ける

杉村　そういうことですか、何かわかった気がします

神野　そんなすぐわかるわけもないんだが、まぁいいか……

杉村　でも、いつかはアニメ・外画以外のお仕事もやれるんですよね

神野　もちろん。やってくれないと困るし、近い将来もある。ただ、今は混同しないことを第一に考える。もとの芝居感を大事にして、まずアニメと外画の芝居感を追求すること。ＣＭや番組の仕事はそれぞれ切り替えが必要だって話だ

杉村　そうか、少しわかってきた。ありがとうございます。何かちょっとすっきりしました

一度話してわかるほど簡単なものでもない。それに、今の話は声優という演者の芝居におけるほんの一部分に過ぎず、さらに言えば神野慶太の言っていることが絶対というわけでもない。これは、ただの一説に過ぎないとも言える。

杉村繭子は、その後、期待通りの声優となっていった。この時の話がきっかけだったかどうか断定はできないが、重要なターニングポイントだったことは間違いない。

声優を目指す新人の役者にとって、映画やドラマなどへの出演、ＣＭの台詞、ナレーションなどの仕事は危険をともなう。アニメ・外画・ゲームといった声優業以外の現場で

は、いわゆるリアリズム系の芝居観が基本となる。レベルの高い新劇俳優であれば、そんな芝居感にも対応できるだろう。逆は難しい。その意味で新劇の演技は芝居の基本だと思う人がいるわけだ。芝居の勉強を始めたばかりの若者にとっては、どこかに芝居の基本というものがあって、それをまず吸収したいと考える。例えば声優学校はそれを教えてくれるところなのだと。しかし実際はそうシンプルなものではない。その意味で近いのは新劇の劇団養成所なのかもしれないが、ただその先の難しさは大学や専門学校を出た後とそう変わらない。芸事というのは、師匠が違えば全く違うことを言う。それが芸というものだ。その結果、流派が生まれたりするわけだから。

杉村　神野さん、事務所の第一線で活躍されている声優の方々は、みんなＣＭや番組もやってらっしゃるんですよね?

神野　全員そうとは限らないし、そうある必要性もない。一つの分野で頂点を極めて、他はやる余裕も時間も無いっていうのであればそれでもいいんじゃないかな

杉村　その形で一生いけるんですか?

神野　どうかな、それは人によって違うだろうし、バランスよくやったからって一生続く

ものでもない。バランスよくやろうとしたことで駄目になるケースだってある。正解は無いし、手広くやることが保険を掛けることにもならない。むしろ逆効果だろう。芸事だからね

杉村　色々できるようにならないといけないって思ってたんですけど、そういうことじゃないんですね

神野　いい表現、自分が目指す表現の先に、仕事がある。その分野の人から引きがあれば、それが声優ってもんじゃないのかな。仕事から逆算するんじゃなくて、やりたい表現を追求して、その都度仕事に対応すべく勉強もしながら成長していけばいい

杉村　はい、頑張ります。それにしても相変わらず厳しいですね、神野さん……

〝仕事から逆算しない、表現者としてその芸を追求した先にあるのが仕事なんだ〟。綺麗事のように聞こえるが、その精神は忘れてはいけない。

ただマネージャーという立場、声優業を生業とした会社の経営者の視点で考えた時、CMや番組のナレーションをやりたいという声優に対して、会社としてやらないという答えは無い。できるだけ色々な仕事をやりたいと考えるのはタレントとして当たり前のこと

だ。

声優は、アイドルタレントやグラビアモデルなどと違って息の長い仕事ではある。しかし目指す若者に何を教えるかは他の芸事以上に難しい。声優の学校や養成所は数限りなくあるが、教える立場の人も悩んでいるはずである。

若者は高い目標を持っていい。第一線の声優になりたいというのも一つのモチベーションだ。しかし、それを目指すことは一つの芸事を極めるということであって、たくさん仕事がもらえる声の職人になろうという考え方とはどこかで一度決別しなければいけないのだ。

一-四　声優という肩書とは　～五月女凛～

五月女《さおとめ》凛《りん》は、本人もよくわからないまま、赤坂事務所の預かり生に登用された。清水悠子や杉村繭子とは違い、声優に憧れは持っていたものの、赤坂事務所に応募したのは友人が一緒に出そうと言うので付き合っただけだった。わずか数人の枠に残るなどとは思ってもおらず、大学在学中のまま預かり生となったのだが、選に漏れたその友人が殊のほか落ち込んだのは言うまでもない。

ウナギの桶に入れられたドジョウみたいだったと後の本人は語っているが、五月女凛の登用は当初マネージャーの中でも見解が割れた。こんな子を何故預かるのかという意見がある一方、杉村繭子らと同等の評価をするマネージャーもいた。研究生としては難しい存在だったことは明らかなのだが、彼女が一年の間にどう成長し、どう結果を出すかには重要な意味があった。

凛は岡山で生まれ、父親の転勤に合わせて中学校の途中で東京の学校に転校した。中学時代は一見暗そうな見た目もあって、友達は少なく、部活にも参加していなかった。早く帰宅してはアニメ鑑賞にふける。部活をしていない分、宿題をやる時間は十分にあり、成績もまずまず。内申点もよかったのか、高校は進学率の高い有名公立校に合格した。両親はいたく喜んだが、本人はやりたいことも無く、どう生きていくべきか悩んでいた。そんな時、ふと観た『青に染まる永遠の庭で』というアニメ作品が、凛の人生を変えた。兵士として育てられた少女の人生を描いた作品は、自らの性格と向き合うきっかけとなり、凛は自ら何かを発信したいと考えはじめるようになった。それはいつしか声優になりたいという夢を生み、高校卒業後は声優学校へ進もうと考えていた。だが、親には言いだせず、結局高校卒業後は大学に進学した。本人としてはとりあえずという気持ちで私立大学をいくつか受験したのだが、有名私立大学に一校だけ見事に合格。本人がびっくりした以上に、両親が驚き喜んだ。「声優になりたい」などと言いだすタイミングは無く、真面目に勉強してしまったからだろうかと複雑な気持ちにもなった。

それでも声優への夢は諦めることはなく、凛は大学に入ってすぐアニメ研究会に入会、同時にそこで知り合った女性と二人で大学の演劇サークルにも入会した。声優になる意志を固め、内緒でお金を貯めた。機を見て声優学校にも通うつもりでいたが、大学に入ってアニメ研究会だの演劇サークルだのとかかわると、高校時代とは違った情報を数多く耳にし、友人から言われた「声優の基本は舞台なんだって」というフレーズが凛に刺さることになった。

凛の通っていた大学は、バンカラでも御馴染みの有名私立大学。演劇サークルも数多くあり、そのトップのレベルはプロも一目置く。凛は一年も経たぬうちに〝その演劇〟の虜となり、いつしか舞台女優としての道も考えるようになっていた。声優業への興味がなくなったわけではなかったのだが、その某有名私立大学の演劇サークルは、声優業に直結する新劇系の芝居ではない。しかしそのことを知らない凛は、舞台に立つごとに演劇へののめり込みつつ、一方で声優になる夢も膨らませていた。

大学二年の冬、将来のことをぼんやり考えている中、友人から赤坂事務所の研究生募集があるから一緒に応募してみないかと誘われた。赤坂事務所は知っていたが、事務所に所属してプロの役者になるという具体的なイメージなどできていない。結局友人が凛の分も勝手に応募した。凛はとりあえず友人のやる気を後押しできればいい程度に思っていたのだが、書類審査を通過したのは凛のみ。その後のオーディションも後学のためと割りきって参加しただけだったが、何の対策も考えも無かったことが結果的に功を奏した。そういうタレント性だったわけだが、この時の凛は知る由もない。彼女の選考に事務所の意見が割れたのは前にも触れた通りだが、預かり生に残ったことを一番びっくりしたのは他でもない凛自身だった。

彼女は最初から一部のマネージャーにだけは高評価だった。それは他でもない某演劇サークルの色であり、同時に彼女の小演劇女優としての実力とも言える。その外連味《けれんみ》ない佇まいと台詞の自然さが好感を得たわけで、彼女の無策が功を奏したとはそういう意味だ。

預かり生になってからの凛は、とにかく頑張ってついていこうと思っていたのだが、何を学んでいるのかわからないまま、預かり生の中で最初に仕事をもらった。マネージャー全員がびっくりするほどのナショナル企業のCMナレーションで、本人は何が何だかわからなかった。その後もいくつかナレーションの仕事が決まり、周囲を驚かせたが、査定が近くなると仕事は少なくなっていた。

五月女　神野さん、私、残れるんでしょうか？

神野　それは、俺が決めるわけじゃない。会議で決まる。毎年のことだが、本当にどうなるかわからない

五月女　意地悪言わないでくださいよ、私どうなるんですか？

神野　意地悪とかじゃない、査定会議というのは、誰が何を言いだすか本当にわからないんだ

五月女　じゃあ、神野さんの評価でいいです

神野　俺の評価ねぇ……

五月女　神野さんが五月女凛は駄目だと言うなら、どっちにしても駄目なんで

神野　俺は、五月女から見たら査定する側だが、査定会議に出れば、教えた担当として五月女達全員を応援するほうだ。だから、全員残れるよう進言する。それは毎年変わらない

五月女　ずるいこと言わないでくださいよ。全員残った年なんて無いじゃないですか。結局、誰を落とすかは神野さんが決めるんだって先輩から聞きました

神野　俺が落とす子を決められるわけないだろ、人聞きの悪い……

五月女　私は、落とす有力候補なんですか

神野　何でそうなるんだ、そんなに自信無いのか？
五月女　自信なんて無いですよ。あるわけないじゃないですか
神野　でも、五月女は結構仕事しているほうだろ。残れるかどうかは、仕事があるかどうかが一つの評価基準だ
五月女　それですよ、わからないのは。アニメの仕事も外画の仕事も一度も無いし、番組のナレーションをやらせていただいたのもほんの数回ですし、ビギナーズラックとかって言われながら素敵なCMのナレーションをいくつかやらせていただきましたけど……
神野　素晴らしいね
五月女　他人事みたいに言わないでくださいよ。神野マネージャーが直接担当したCMを最初にやらせてもらったんですよ。でも、何だかよくわからないというか……私、マネージャーさん達から評価されてませんよね。繭ちゃんとか悠子とかと明らかに違いませんか？
神野　清水や杉村は、所属当確みたいな言い方だな
五月女　そうじゃないんですか？
神野　少なくとも、当人達はそうは思っていないし、事務所の評価がどうこうとか言って

いるが、多分みんなそんなに変わらない

五月女　みんな変わらない、なんてことはないです。そこはわかりますよ。繭ちゃんは頭一つ以上抜けているし、悠子も当確です。それはそれで当然なんですけど……でも、やっぱり疑問なのは、可愛くないとアニメはやらせてもらえないんですかってことですね

神野　アイドル声優を目指すのなら、見た目のタレント性も重要にはなるが……因みに、五月女凛の場合は、見た目とか関係なく、アイドル声優は無理かな

五月女　またですか、それパワハラですよ

神野　だから、パワハラじゃない！　しょうがない奴だな、芝居感の問題だって何度も言ってるじゃないか

五月女　それって、確かに何度も聞いたような気がするんですけど、神野さんだけですよ、そんなこと言うの。レッスンではそんなこと言われたこと無いし、どういうことなのか、わからないんですよ……

神野　うーん、ではあらためて言うが、五月女の場合、芝居はかの演劇サークルからだな

五月女　そうですね

神野　小演劇というか、リアリズム系という方向だ
五月女　はい
神野　例えばラジオCMに行ったら、全く違和感はなかっただろう
五月女　はい、初めて行った現場ですごく褒められました
神野　逆に、外画のレッスンは全く手応えなしと……
五月女　確かに、何かしっくりこないんですよね、みんな型に嵌めたような芝居で。それが褒められる……。わかるんですけど、何か……
神野　そういう芝居はやりたくないし、上手くできるわけでもない
五月女　そうなんですよ。何なんですか、あの芝居って……
神野　新劇出身の方々がつくった一つの型ではあるけど、芝居だからそう簡単にひとくくりにできるものでもないと思う。五月女からしたら求められる表現が全部同じに感じるんだろうと思うが、少なくともあの芝居感の先で突き詰めるものが合う世界なんだよ。小演劇の人が無理やり入っていく世界じゃない
五月女　でも、大作アニメとかだと、ドラマとか小演劇とかと変わらない感じですよね？
神野　おー、鋭いね。超大作アニメだけはそうだな。凄くリアルなやわらかいタッチの映

像で、キャラクター自体が〝アテ書き〟に近い状態だったりするとね。ただそれは特殊な場合だ。基本、声優が中心のアニメ作品や海外ドラマの吹き替えでは、リアリズムの芝居は合わない。現実、ファンにも制作にも受け入れてはもらえない

五月女　そうか……。つまり、自分の芝居にこだわってないで、頑張ってそういう声優的芝居ができるようになればいいってことですね

神野　そうともいうが、不得意な芝居で通用するほど甘くもない。潜在的に好きじゃないというのもあるだろう。観ている時は何とも思わないけど、いざやると違和感がある。自分の能力を消しているような感じがするんじゃないかな

五月女　でも、事務所に残るためにはやったほうがいいんですよね？

神野　どうだろうなぁ。不得意なことをやって、いい部分が薄くなってしまったら意味がない。現時点では、よさを消すことのほうが大問題だ

五月女　私、所属で残りたいんです

神野　一年間預かり生になると、みんなそういう気持ちになるんだがね……。大上段に構えた言い方になるが、みんなの目標は事務所に入ることではなく、いい女優、いい表現者になることだと思うんだよな。いい表現者になれば、結果的に所属になる、そういう

ことなんだ。これが建前じゃなく、そういう立ち位置にいけた人だけが所属になれるんだと思う

五月女　アニメも外画もできない声優って、声優って言えるんですか？

神野　声優っていうのは、仕事の名称みたいなものであって、職業の名前じゃない。いい表現者になれば仕事がある。仕事があれば所属になる。声優っていう肩書は、観ている人が付けるだけの話だ

五月女　私はどうすればいいんですか？　最近仕事も少ないし……

神野　最近仕事が少ないのは、それこそ、さっき言った〝五月女凛のいい部分〟が薄くなってきてしまっているからだろう。それは確かに懸念材料かな

五月女　私のいい部分って、要するにリアルさがあるってことですよね

神野　そうだ。リアリズムを追求できるリアルさがある。キャリアが浅いのに、かの演劇サークルの色みたいなものも感じる。アニメや外画の芝居感や新劇テイストを入れると、そのリアルさやテイストは当然薄まる。そもそもリアリズム系の演劇人が新劇的芝居感と自身のそれを使い分けるのは難しいんだよ。しかも表現者として発展途上の段階でそれを強いるっていうのはねぇ

五月女　つまり、アニメや外画のレッスンを一生懸命やったら、ＣＭの仕事が減ったってことですか……

神野　そう断定もできないんだけど、五月女の場合、その可能性は高いかな

五月女　所属で残るためにも、今はリアルテイストの芝居に専念したほうがいいってことですか？

神野　少なくとも、その強み＝魅力が無くなってしまってきているという現状はまずいかな。結果仕事が無くなっている可能性があるわけだしね

リアリズムでいい味を持っている俳優は、声の仕事でも必要になる。赤坂事務所も一般には声優事務所と呼ばれているが、小演劇や映像の養成所出身でアニメや外画など新劇出身の人が多い分野には踏み込まない（踏み込めない）人もたくさん所属している。

五月女凛もその一人として所属になるだけなのだが、アニメや外画の担当マネージャーは、そういう経歴の人でも本人がやりたいというのであればやらせたほうがいいと言う。当然だ。当の本人もマネージャーから「アニメをやれる声優になろう」と言われて、嫌ですとはなかなか言えない。「声優になりたい」という若者にとって、アニメや外画で名前

が出るのが夢なのだ。五月女凛の場合、その夢が正夢になる可能性は、ゼロなのだろうか。いや、そんなことはない。

五月女　神野さん、アニメや外画をやらない人になっても事務所に残れたりしますか？

神野　うちの事務所の場合は、そういう人が多いから、まず事務所に残ることを目標にするのであれば、アニメや外画は考えないほうがむしろ五月女の場合は近道かもしれない。今やることもシンプルになるしね。

五月女　それ、私が決めて大丈夫なんですか？

神野　五月女はどうしたいんだ？

五月女　私、アニメがやりたいんですよね、夢でしたから。でも、今は事務所に残りたいのが一番です。神野さんは、そう考えるのが駄目だって言われるかもしれないですけど、でもそれが一番です。ナレーションに専念したほうが残れるって言われると、そうしたくなってしまって……

神野　わかった、じゃあ、こう考えよう。今は、とにかく得意な表現を追求する。それはつまり学生時代にやっていた方向の舞台に出るべく芝居を研究する、ＣＭのナレーショ

ンをやるべく五月女自身の表現の長所を伸ばすってこと。それでいい。一つ仕事が決まれば、残れる

五月女　ホントですか!!

神野　あー……まぁ、残れるかどうかは会議で決まる。俺が決められるものじゃない

五月女　そんな意地悪言わないでくださいよ、今、残れるって言いましたよね

神野　多分、そうだろうって言ったんだ

五月女　えー、そんな言い方じゃなかったな、もう……

若い声優の卵達にとって、事務所に残れるかどうかが人生最大の岐路であることは言うまでもない。ただ残ればいいというものでもないと神野は言うが、凛にとっては、まずは残りたいという気持ちしかなかった。

アニメをやりたい、事務所に残りたい、彼女はそう言う。リアリズム演劇出身で、いわゆる新劇的声優の演技が明らかに好みではない彼女にアニメ声優の可能性を強く残して指導していくことは得策ではない。むしろリアリズム演劇を極めて小演劇的に回帰したところから表現を構築したほうが、逆にどこかでそういう大作アニメに出会える可能性すらあ

る。事務所に残ることを第一に考えれば、一度アニメを忘れてリアリズム的表現に集中したほうがいいのは明らかだ。ＣＭなどの様々な仕事は決まりやすいわけだから。

彼女の人生だ。どうするかは本人が決めなければいけない。ただ、才能をどう活かすかは、周りが決めることでもある。それは、声優という仕事に限ったことでもないだろう。よく「やりたいことをやらせてあげたい」と聞くが、「やりたいこと」より「才能がある、向いていること」をやらせてあげて成果を上げたほうが本人のためではないのか。承認欲求を排除してでもやりたいことをやりたいなどという若者がいるだろうか。〝プロ〟を目指す世界でそれはあり得ない。

教える人間達は若者をどう導くべきなのか、声優業に限らず難しい問題だと思う。時の流れもある。やりたいことを諦めるのが常だった時代と、何でも選べる時代とでは考え方も違う。誰でも夢の実現を目指せる時代だからこそ、若者が迷宮に入り込んでしまわないよう、大人は様々な角度から考えていかねばならない。そして導かれる側も、ただやみくもにやりたいことをやるのではなく、自分の能力の最大値を見つけてくれる指導者を大事にするべきなのだ。

五月女凛は査定を経て所属となった。その後はアニメや外画などをやることはほとんどなく、ナレーションなどを中心に事務所を代表するボイスタレントの一人となっていった。

神野にとって、それは大きな財産となった。

二　声優業という名の罠

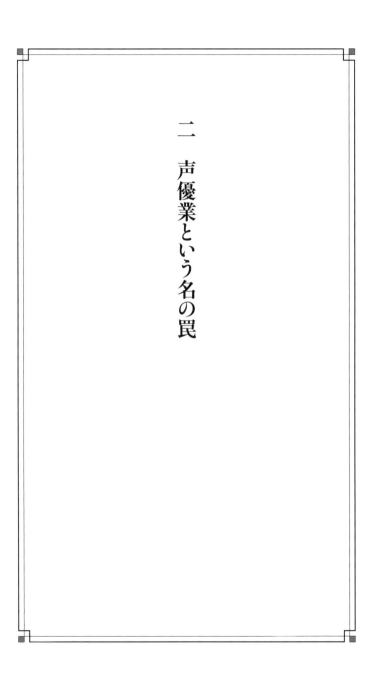

ここまでの話で、声優業というものがそんなに簡単なものではないということは少しわかっていただけたかもしれない。そして、声優というものを生業とする人々は、声をあてる職人ではないのだということもわかっていただけたかと思う。これは、声優を目指している人、声優業をやったことのある方々にとっては、当たり前のことを言われていると感じるはずだ。若い声優の悩みを通して報告したが、すでに現場に出ている方にとっては、様々な角度から何度も聞いた話であることは想像に難くない。

この章では、もう少し現場の話に踏み込むことにしよう。ここからの話のほうが声優業界に関係ないところにいる方々にとっても意味のある内容かと思う。

声優の作業というものはやはり誤解を生みやすいもので、結論的には前章で神野マネージャーが言っていた通り、いい芝居をすればいいわけなのだが、いざ現場に入るとそうシンプルに考えられない。「尺が合ってない」「キャラが合ってない」と一度言われると、それぱかりに囚われてしまう。「もっと声を出せ」「噛むと周りが迷惑するだろ」などと言われると、マイク前で硬直してしまうものだ。一度は仕事をたくさんもらえるようになったものの、突然不調に陥り、いつしか仕事が無くなる。この業界ではよく聞かれる話だ。また初期の頃にくる現象で「上手くなった」と思った瞬間から逆に仕事が無くなるということがある。これがかなり深刻な問題で、自身では解決できないことが多く、この仕事の難しさそのものでもある。

この件の報告をするにあたって、声優業界のことをもう少し説明しておこう。この章で神野マネージャーや声優陣がいう〝ディレクター〟というのは、映画でいうところの監督や、バラエティ番組でいうところのディレクターや総合演出という方々とは全く違う立場の人を指している。外画などの作品でいうディレクターとは、〝音響監督〟のことをいう。声優業界にかかわりのある人なら、それがどんな仕事をする人か説明するまでもないだろう。

外画やアニメといわれる作品は、一般にそれ専用の収録スタジオで音声収録が行われる。アフレコスタジオなどと呼ばれ、その専用スタジオでの収録で中心的役割を果たす演出家を音響監督と呼ぶ。これが専門職で、アニメや海外ドラマの吹き替え作品などの収録は、音響監督無しには成立しない。また外画やアニメ作品の台詞録音は東京都心にあるほんの数か所のスタジオで全て行われている。放送されているほぼ全部の作品が東京での収録で、アニメや外画における声優の仕事というものは地方はおろか大阪や名古屋にもほとんど無く、声優の日常というものは全て東京にあると言っても過言ではない。これは声優業界では当然の現実なのだが、一般には案外知られていない。またアニメや外画においてその声優を演出する音響監督と称される人は、数人しかいないと言っては大袈裟だが、本当に少数だ。映画監督の数などとは比べものにならないくらい少ない。そして、もちろん全員東京で仕事をしている。

声優ブームなどといわれて久しいが、業界自体は非常に狭く、制作陣の少なさもあって、声優業界全体はコンパクトにまとまっている。そういう業界は往々にして権力が集中しやすいものだが、アニメや外画の制作も例外ではない。特に優秀なディレクターには権力が集中しやすく、声優にとっては大きな存在となりやすい。キャスティングをするうえで、ディレクターの意見は大きく、全て一人の意向で決まってしまうことも少なくない。

外画やアニメにおける声優の悩みとは、対音響監督とのそれであることが大半で、いいディレクターといい声優が出会えるかどうかは、お互いにとって運命なのだとも言える。ただトップの人気ディレクターの仕事が全てというわけではない。新人声優やまだ発展途上の声優にとっては、どんなディレクターの言葉も重く、全ての言葉を正解の方程式と鵜呑みにしてしまう。故に、相反するアドバイスを両方信じてしまったり、現場で冗談交じりに軽く言われたようなことを信じ込んだりして、いわゆる〝病気〟という症状になってしまうこともしばしばだ。病気と言っても、身体の病気のように自覚症状が出るわけではない。本人には全く自覚が無く進行し、仕事が無くなった時に初めてどこかが悪いのではないかと考える。しかも「自分は上手くなった」と思っている時ほど危ういもので、厄介なことになりやすい。それを解決するのは、本来なら芝居の師匠ということになるが、近年の声優はとにかく師匠がいないことが多い。そのため、同業者の先輩、信頼できる音響監督、マネージャーという人々が師匠の役回りを担うことになる。

神野慶太は、マネージャーという立場でこうしたプロで活動する声優の悩みに応える存在でもある。最近の若い役者は養成所や声優学校出身の人も多く、師匠がいない。声優業界には関係ないところにいる方には、マネージャーが役者の師匠などというと妙な話かと思われるかもしれないが、声優にはとにかく頼れる先が必要なのだ。前章とは違って、声優の現場での悩みに神野マネージャーが様々な応え方をする。それは、声優業界だけではない、世の中にも蔓延する問題にも通じるものがあるようだ。

二-一　台詞を噛む恐怖　～瀬戸祐美子～

瀬戸祐美子《せとゆみこ》は、デビュー直後から売れた若手声優の一人である。山口県出身だが、声優になりたい一心で大学入学と同時に上京している。自分の好きな声優が東京の劇団や声優学校出身だったことから、とにかく東京に行かないと始まらないと早くから決意し、大学は文学部演劇学科に入った。演劇学科があることでも知られている大学だったためか、仲間の中にはやはり声優にも興味がある者が多く、プロになるための情報はたくさんあった。学内には世間でも有名な劇団が多く存在し、祐美子は仲間と一緒に、先輩に声優がいる劇団に積極的に顔を出した。もともとお調子者で目立ちたがり屋、何事にも物怖じしない性格は、人と人とのコネクションが大きな財産となるこの業界向きだったのかもしれない。大学生活でつくった演劇学科のネットワークが、後の役者生活の中でも大きく活かされたことは言うまでもない。祐美子は、先輩の紹介で大学卒業前に事務所の所属となった。そして、演劇学科の先輩だったディレクターに注目され、早くから外画作品に多く呼ばれた。

大学の演劇学科からこの業界に来る人は少なくない。それは演者側だけでなく制作スタッフにも多数いる。祐美子にとっては、有名なディレクターが大学の先輩だったことは幸運だった。芝居だけでなく、この業界で生きていくために必要なことを全てその先輩から教わったと言ってもいい。祐美子にとっては人生の師となった。

滑り出しは順調だった祐美子の声優人生だったが、思わぬことが起こった。事務所の倒産だ。有名な声優はいなかったが、大人数をかかえた事務所が倒産するなど想像すらしていなかった。ある日突然何の前触れもなく宣告され、所属声優はその日をもって解散となった。実は珍しいことではないのだが、当時の祐美子にとっては、あまりの出来事に目の前が真っ暗になった。

事務所が倒産、あるいは解散するとどうなるか。ギャラの未払いなどの処理も問題になるのだが、それ以上に所属していた声優達のその後の身の振り方が最大の問題となる。売れている声優は、別の事務所に所属として迎えられる場合もあるが、一方で廃業を余儀なくされる声優も多い。瀬戸祐美子のいた事務所は、いわゆる計画倒産で、ギャラの未払いは無かったのだが、所属声優達の受け入れ先などは特に考えられることもなく解散した。

幸い瀬戸祐美子には相談できる人が多くいた。事務所が倒産しても、日々仕事をしているタレントなら行き場所はある。祐美子はディレクターの紹介をもらい、赤坂事務所の所属となった。結果的に事務所解散は幸運なことだったと祐美子は感じた。

しかし赤坂事務所に入ってからの彼女は決して好調ではなかった。移籍して半年も経つと、お世話になっていたディレクターからの仕事も激減し、デビュー五年目にして最悪の状況となった。どうしてこうなったのか、事務所との相性なのか祐美子自身の問題なのか、本人は全くわかっていなかった。

祐美子は意を決して、外画のマネージャーではなく、神野マネージャーに話を聞きたいと事務所に願い出た。何日先でもいいつもりでアポを取りに六本木の事務所を訪ねたが、神野はすぐに現れた。

瀬戸　すみません神野さん、お忙しいのに……

神野　移籍してからちゃんと話してなかったから、一度どこかでしっかり話さないととは思っていたのだけどね

瀬戸　私の担当が神野さんではないのはわかっているんですけど、役者仲間に聞いたら、

みんな神野さんに相談したほうがいいって言うんで……
神野　瀬戸さんの場合は外画の仕事がほとんどっていう状況で、しかも山下ディレクターの紹介でうちに来たから、外画担当のマネージャーが事実上担当みたいなことになるけど、わかっているようにマネージャーは役者の担当ではないからね。僕はチーフマネージャーで、言わば全員の担当みたいなものだから、遠慮なく
瀬戸　ありがとうございます
神野　それにしても急激に仕事が無くなったね。もう少し早く話さないといけなかったなぁ
瀬戸　はい……せっかくいい事務所を紹介していただいて、とにかく事務所に貢献して、山下ディレクターにもちゃんと恩返しがしたいのですけど、このままじゃ恩返しどころか、引退の危機です
神野　引退の危機か……思ったより深刻みたいだね
瀬戸　ギャラもまだジュニアランクですし、いろんなディレクターの方とお仕事させていただいたんですけど、最近ほとんど途切れてしまって……。恩人の山下ディレクターからも遂にお声が掛からなくなってしまって、もうどうしたらいいのかなって

神野　因みに、すごく仕事していた時期があったと思うのだけど、半年前にうちに入る直前まで仕事はたくさんあった？

瀬戸　いえ、一年くらい前から急に無くなりはじめました

神野　なるほど……。一年前くらいに何かあった？

瀬戸　特に何にもないはずですけど、私、その頃に何かやらかしたんでしょうか？

神野　外画のマネージャーとか、知り合いの役者さんから聞いた話なんだけど、一年前くらいから飲み会で「最近私上手くなったんですよ」って言ってたらしいんだけど、自覚ある？

瀬戸　あー、そのことですか。変なアピールに聞こえたかもしれないんですけど、一時現場で台詞を噛むのが怖くなってしまって、台詞が出なくなりそうな時期があって……それで高額なレッスン料払って、話題のSワークショップにも行ったんですよね。そのレッスンに行ったら、噛まなくなったんですよ。あの頃に比べると明らかに上達はしてるはずなんですけど……

神野　でも、反比例して仕事は少なくなって、今は最悪の状況ということね

瀬戸　そうなんです。上手くなったとか、アピールしたからいけなかったんでしょうか？

神野　上手くなったってアピールしたくらいで、仕事は増えないけど（笑）、逆に減ったりもしないんじゃないかな。本当に上手くなっていれば褒めてくれるだろうし、自信も付くと思う。でも、そうは言われなかったんじゃないかな

瀬戸　そうですね。何か、知らぬ間にみんな疎遠になってしまったような感じです

神野　まぁ、普通に考えて、そのレッスンに行ったのはよくなかったんじゃない？　明らかにそこから駄目になっているわけでしょ

瀬戸　そうなんですかねぇ……

神野　Sワークショップに行って、上手くなった、噛まなくなったと思っているわけだから。実は、今みたいになるのは必然ではあるんだけどね

瀬戸　どういうことですか？

神野　同じようなこと言ってた人、今までもたくさんいてね。まぁ、いくつか要素があるんだけど……。まず、とにかく芝居は師匠に教わる以外あまりいいことはないんだよね。しかも、プロの声優のためのレッスンなんだから、師匠が推薦した人でない限り駄目。瀬戸さんの場合、山下ディレクターは師匠でしょう、彼の勧めでそのワークショップに行ったのならいいけど、そうでない限りマイナスになる可能性大なのは必然なんじゃやな

いかな

瀬戸　そうか……。確かに山下ディレクターはSワークショップに行ったのは快く思っていなかったような気はします

神野　重要なサインだったと思うけどね。聞く耳を持たなかったわけだ

瀬戸　でも、あのワークショップに行って、噛む恐怖からは明らかに解放されたんです

神野　……

瀬戸　ある方のアフレコからテクニックを教わって、語尾で上手く調子をとって、真似してみたら、これがすごく便利だったんです。原稿を急に渡されたりしても噛まなくなって、これを極めて練習しました

神野　それ、実際の仕事の現場では直されない？

瀬戸　そうですね、現場によっては注意されたこともあるんですけど、普段は大丈夫です。本当に噛まなくなったねって言われます

神野　そうか……

瀬戸　これ、駄目なんですか？

神野　うん、駄目だね。それはプロとしてやってはいけない

瀬戸　えっ⁉、何でですか。噛まないし、みんなやってるような気がしますけど……

神野　いい役者といわれる人は、絶対やってはいない。語尾で調子をとるというのは、綺麗な日本語とは言えない。少なくともいい演出家といわれる人や日本語に造詣の深い人は、そう思っている

瀬戸　……

神野　これは、この仕事をやるうえですごく大事なことでね。日本語っていうのは、基本〝上から下〟に流れていくもの。語尾にはあまり情報的な内容は含まれていないことが多い。例えば『それは夢なのです』っていう台詞があったとする。『なのです』だけでは意味は通じない、逆に『それは夢』だけでも意味は通じる。つまり『なのです』には情報的な意味はないわけね。日本語にはこういう語尾がたくさんあって、その部分で調子をとったりしては、情報のない部分を強調したり伸ばしたりしていることになってしまって伝わらない。そんな伝わらない表現を、上手いと勘違いして演技しているわけで、そんな役者を演出家は使わない、ということになるね

瀬戸　……

神野　逆に、その情報のない付属語といわれるような部分に、日本語の音の美しさがある

と思うのね。だから、その部分は強調したり特徴付けしたりするのではなく〝美しく流れて〟ほしい。その部分で演者の美しさが決まると言ってもいいと思うんだ。調子をとったりしたらそれこそ逆効果じゃないかな

瀬戸　……

祐美子は黙ったまま少し下を向いた。上手くなりたいと必死だった、事務所にもディレクターにも恩返ししたいと頑張ったはずだったのに、それが全部逆効果だったのかと思うと、悔しかった。一方で、こうはっきり言われるまで、仕事が激減している原因が全くわからなかった自分の感性の無さに閉口した。またこの先のことも不安になった。単にちょっとしたテクニックのプラスで今の形が出来上がったわけではなく、様々なことを変更してできた形でもあり、それは役者として致命的なことをやってきてしまったのではないかという恐怖にも駆られた。

瀬戸　神野さん、私、もう駄目なんでしょうか？

神野　そうだなぁ、もし仮に僕が駄目って言ったら、辞める？

瀬戸　辞めないです。絶対に辞めません

神野　だよね。であればやることは一つ

瀬戸　やることは一つ……何ですか？

神野　学生時代にやっていたように、新劇の舞台を基本に、そういうお芝居、表現を研究する。それだけかな

瀬戸　えっ、どういうことですか？

神野　もともと瀬戸祐美子さんの芝居っていうのは、強くて凛としていて、声もいい。だから、その芝居を取り戻す

瀬戸　あー、それは……学生の頃に山下ディレクターから言っていただいた言葉です

神野　そうなんだ。それは偶然じゃないね。瀬戸さんの魅力なんだろうな。芸の道というのは、信頼している人の言うこと以外は聞いてはいけない。絶対的正解、普遍的方法論というものがある世界ではないから〝不正解を教えている先生〟がたくさんいる。薬と称した〝麻薬〟を売っている人がたくさんいるわけね。どっかで聞いたヒット曲の歌詞じゃないけど、わかりやすいことを教えてくれる人ほど、その〝麻薬〟の売人だったりするってこと。瀬戸さんは、それを飲まされてボロボロになった。だから、まずその麻

薬を浄化することが先決だね

瀬戸　新劇回帰することが、浄化するってことですか？

神野　そういうこと

瀬戸　でも、今の私、当時の演出家の方が言っていたようなストイックな演技、もうできないです……

神野　でも、声優業はできるんだ？

瀬戸　えっ⁉　でも声優業と舞台じゃ芝居が……

神野　声優業と舞台では、芝居が違う？

瀬戸　あーそうか。違うって考えることがそもそも違うって話ですか

神野　そう！　あの学生時代にやっていた芝居こそが声優業で、今やっている芝居が、違うんじゃないかな

瀬戸　あー、私、何やってるんだろう。神野さん、私、大学で演劇専攻だったんですけどね、平凡な日常から飛び出すんだって、いつも思ってたんです。松井須磨子が、女優を志願する理由に同じようなことを書いていたんですよね。何か震えたんですよ。私もいつか松井須磨子みたいな役者になるんだって思ってたんですけどね。全部忘れちゃって

たのかな……

神野　何だ、じゃあ簡単だ。それを思いだそう！　全然遅くない。この遠回りが結果よかったんだって思える時が必ず来る。松井須磨子が心の師匠なら、すぐなんじゃないかな

声優業をこなしていくと、台詞を噛むことに恐怖感が出る。しかし、台詞を間違えないようにするようなことを念頭に芝居を構成し、台詞を噛まないようにする〝技術〟などを多用すると、伝わらない演技になっていく。それは、芝居の世界において、演者が永遠に戦わなければいけない命題だ。要は噛むことを恐れず真っすぐ表現に向かえばいいだけなのだが、演出家をはじめとする制作スタッフからすれば、台詞を噛まないのがプロなのだ。プロの声優でありたいと思うプライドが、噛みたくないという気持ちを生む。結果、プロの声優でありたいと思う若手ほど〝噛まない技術〟を多用しがちで、それを教える先生と称する人も次々と登場する。そのテクニックを多用した日本語は一般にいい表現とは言い難く、むしろ汚い日本語になってしまっていることが多々なのだ。しかしそれが〝先生〟と称される人に教わったものだったり、先輩から上手く盗んだものだったりすると、それ

を否定できない。そこからは泥沼だ。頑張れば頑張るほど、教われば教わるほど、お金を使ってもがけばもがくほど、売れなくなっていくわけだから。

これは多くの声優がぶつかる壁で、瀬戸祐美子が特別ではない。今は第一線にいる声優もこの壁の前で苦労した人は多い。「テクニックじゃない、情熱だ！」なんていう熱血指導は流行りじゃないのかもしれないが、この古典的な言い方が意外と真理に近いのかもしれない。

二-二　合わない恐怖、合わせてしまう罠 〜惣谷友一〜

惣谷友一《そうたにゆういち》は、赤坂事務所では中堅の第一線で活躍する声優である。アニメや外画を中心に様々な分野の仕事をこなし、事務所内での評価も高い。どんな作品でも必ず呼んでくれる音響監督がいて、仕事は安定している。芝居の研究にも余念がなく、神野との付き合いもデビュー以来変わらない。事務所の先輩との付き合いも深くなり、最近では若手の相談にも乗っている。

惣谷は、もともと声優学校でのオーディションから赤坂事務所の研究生に登用されて所属となった。赤坂事務所研究生第一期の声優だ。赤坂事務所の研究生を経た後、事務所に所属しながら、様々な劇団の芝居に出演し、芝居のレベルを上げてきた。仕事が順調な近年だが、その一方で一年に一度は舞台に立っている。神野にとっても、彼は頼もしい存在であり、印象深い所属声優の一人でもある。

仙台出身の惣谷は、高校時代はバンドに熱中していた。ギター、ピアノとそれなりに弾きこなし、バンドではボーカル、学校内ではとにかく人気者だった。将来は音楽関係の仕事に就きたいというぼんやりとした夢も抱いていた。

高校卒業後は東京の私立大学に合格して上京。大学では軽音楽のサークルを探していたが、東京の私立大学の雰囲気に慣れていなかった彼は、まず話せる友達欲しさに勧誘されるがままスキーサークルに参加した。運動神経が悪いわけではなかったが、スキーには全く熱中できない。どう抜けだすか迷っていたところに、語学の仲間だった女性から演劇サークルに誘われ、それに乗ったことから人生が変わった。それまで演劇とは全く無縁だった惣谷だが、音楽でステージに立ち、人前で表現することが好きだった彼にとって、そこはその感性を刺激する要素に満ちていた。結果、大学生活はほぼ芝居漬けの毎日となり、いつしか芝居のプロになりたいと考えるようになっていた。大学卒業を前に自らの将来像についてぼんやりと考えていた時、突然耳に飛び込んできたのが、ラジオから聞こえてきた声優オーディションの告知だった。とにかくプロにならないといけない、そう思った惣谷は、それが声優学校の短期講習の募集だったとも知らず応募した。持前のセンスでその講習の中では目立つ存在となり、そこから直結していた赤坂事務所の第一期研究生オーディションに参加、見事赤坂事務所の研究生となったのである。

赤坂事務所研究生制度の第一期は、神野にとっても試験的な期だった。実際のレッスンも試行錯誤の連続で、この一年で神野自身も様々なことを考え、マネージャーとしての価値観に大きな影響を与えた。その中で育っていった一期生は結果的には後に一番成功した声優達でもある。惣谷は神野を慕い、神野も惣谷とは時折様々なことを話しているが、それは惣谷からの相談でもあると同時に、自身の確認作業と情報収集の時間でもあった。

惣谷　研究生で入って所属になれなかった沢村、この間話しましたよ。神野さんから色々言われて、結局査定で落ちたって

神野　俺が落としたわけじゃない。現に、最近は別の事務所で第一線の仕事しているわけだし、うちのマネージャーの眼がくもってたってことだろ

惣谷　神野さんから、モノマネじゃない、芝居なんだって言われてから自分でもわかるくらい明らかによくなったって言ってましたよ。言うのがちょっと遅かったんじゃないんですか？

神野　そうかもしれないが、沢村にとってはむしろうちの事務所じゃないほうがよかったんじゃないか

惣谷　そうですね、今結構イキイキしてて、研究生の頃より明るいですよ。でも、芝居は相変わらず迷ってはいたなぁ。今こそ神野さんにもう少し話を聞きたいって言ってました

神野　話すことは変わらない。惣谷が答えてやればいいじゃないか。俺が何言うかなんて、今ならわかるだろ

惣谷　それが人から聞かれて話すとなると、ちょっと難しくて……。感覚的にはわかっているとは思うんですけどね

神野　例えば、何を聞かれたんだ？

惣谷　沢村曰く、舞台も踏んで芝居のことを考えるようになって、声優の仕事でも成果が出るようになった。でも、逆に昔はピッタリ合っていた台詞がなかなか合わなくなった。現場では尺のことばかり指摘されると……

神野　まぁそうだろうなぁ。惣谷は何て答えたんだ？

惣谷　僕は昔から画と台詞の尺を合わせるのは得意じゃないから、答えようがなかったん

ですよね。みんなどう考えているのかなぁって……。大御所の方とか初見とかでもピッタリ合うじゃないですか

神野　どうだろう、初見でピッタリ合うのは、翻訳がいいからじゃないかな

惣谷　それはありますよね。大御所や売れっ子の方だと、そのキャラをやった時の声が、まだ台詞ができてない段階から聴こえてくるもんなぁ。翻訳の方も書きやすいんでしょうね

神野　そう、つまり初見でピッタリ合うのは、翻訳の方のファインプレーであって、役者が合わせているわけじゃない。いつもの芝居をしたらピッタリだったっていうだけなんじゃないかな

惣谷　なるほど、じゃあ、僕達凡人声優は翻訳さんのファインプレーはなかなかいただけないし、端役だと難しいシーンもあるから、結局簡単には合わないことも多い……

神野　難しいシーンでいい芝居をするには、とにかく時間を掛けて練習するしかない。まぁそれが楽しいんじゃないの

惣谷　そうですね、台本と映像いただいて、合うまで稽古する、あれをやっている時間が楽しいんですよね。大御所の上手い人とかあの時間が短いっていうのは、何かもったい

ない感じもするなぁ

神野　それは違うんじゃないかな。大御所の皆さんも君達以上に練習している

惣谷　そうなんですか！

神野　うちのベテラン陣、みんな自分で台本取りに行ったりするんだけど、あれはマネージャーに気を遣ってなんかじゃない。一刻も早く台本が欲しいんだよ

惣谷　なるほど、若手もベテランも気持ちは一緒ってことですか

神野　収録の時に尺がピッタリのいい芝居をしているベテランがいると思うけど、それは君ら以上に練習してきているんじゃないかな。沢村にははっきりそう言っておいてやれ。どう合わせるかじゃない、いい芝居をする＝タイミングは、合うまで練習するだけなんだってね

惣谷　なるほど、またあいつ目がテンになりそうだなぁ……。でも、最近は事前に映像が来なくて、現場でチェックとか、リハーサル日をつくってそこでのみ、なんていうのもあるじゃないですか。あれってどうなんですか

神野　個人的にはあまり好ましいことじゃないと思っている。顔出しのドラマや映画での現場台本とか、あれは特殊な場合だよね、明らかに狙いがある。ナレーションなんかの

場合はほとんど現場だけど、あれにはいろんな事情があって、でも結果的に現場になったほうがいいことのほうが多い。まぁ、これも一概には言えないけど。少なくともアニメや外画の場合は、なるべく早く台本と映像はもらえるにこしたことはない。時間があればあった分だけ役者はいい芝居をつくってくるはず。ベテランであればあるほどそうだと思うがなぁ

惣谷　そうですよねぇ……

惣谷　そうだ、神野さん、もう一つあるんですけど、実はこれのほうが答えに詰まった一件で……。沢村は最初いろんな声優さんのモノマネをして、言わばその様々なピースをファイリングして、外画なら外国人、アニメならキャラクターが出てくる度に、それを担当してそうな声優さんのピースを引き出しから出してきて、あてるという手法をとっていました

神野　そうだったな

惣谷　それを一回忘れて、舞台に出て、新劇の芝居を研究して、少し自分なりの芝居感み

たいなものも出てきて、今度は自分の芝居とキャラクターの芝居が大きく違う時にどうするかっていう話です。まぁ、この仕事でよく出る話題ですけど……

神野　惣谷はどう答えたんだ？

惣谷　僕はもともと、自分の芝居とかあんまりないじゃないですか。だから、その都度キャラクターとかを見て考えるって言いましたけど、それだと沢村の場合、前のほうがよかったってことですかって話になっちゃうじゃないですか……。声優学校の時にやっていたモノマネ・ファイリング・アテレコのほうがよかったんですかってね

神野　芝居の基本ができてきて、その表現が深くなってくれば、モノマネ・ファイリングが全く駄目ってことでもないんだよな。「芸は模倣から」って言葉もあるくらいでね。最終的にはモノマネは武器にはなるとは思う

惣谷　そうなんですか！　神野さんからそんな言葉が出るとは思わなかった……

神野　本題は、自分の個性とキャラクターが大きく違う、自分の芝居と画の中の人の芝居が全く違うって時に、どうするかっていう話だよね

惣谷　それです、神野さん的にはそれはどうなんですか？

神野　それについては、結論から言うと、色々正解はあるという前提で、若い子には丁寧

に教えたい。人によって違う。師匠によって言うこと違うだろうし、リアリズム系の芝居が交じっている人には全く違う話をすることになるだろうし

惣谷　なるほど……

神野　沢村のことだけで言えば、彼の場合、最初は芝居のことを全く考えていなかった。演じるって何だろうってことすら考えてなかったと思う。声をどう作って、どう上手くあてるか、みたいなことだけを考えていたからね。だから、モノマネ（＝声帯模写）をいったん全否定して、芝居のことを考える、表現とは何かを考えることを伝えてみた

惣谷　正解でした。本人も感謝してましたよ

神野　ならいいんだが……。演技ではなく自分の言葉にして話す、役の理解を深めて自由になるところまで掘り下げて喋るみたいなことを考えるようになると、当然リアリズム系の理論と混同する。そうなると、今度は自分とは全く違うキャラクターを演じるのが難しくなるよね。でも、そこは翻訳ものの新劇をやっていた俳優にとっては、自分と全く違う人を演じるのはあまり抵抗がないというか、逆に楽しく感じたりする。もともと日本語を話している外国人を舞台上で演じているわけだからね、そこが上手くこの仕事と合致したってことなんじゃないかな

惣谷　そういうことか……なるほど。アテ書きされている小演劇やテレビドラマの本なんかと違って、翻訳ものの新劇の場合そもそも設定自体も日本じゃないからな

神野　レベルの高い昔の新劇俳優さん達は、例えば〝外国人の芝居に日本語をあてる〟という無理な設定を求められても、素晴らしい〝日本語のドラマ〟に昇華させた。それは、自分の芝居を外国人の芝居にすり合わせたわけではなく、この設定でこの顔の外国人が日本語を喋ると仮定した時、どんな芝居感でこの台詞を喋るのかということを一から創り上げた結果としての、あの吹き替えの様式美なのだと思う。だから、俺達もその先人達の偉業を参考にしつつ、毎回つくっていく必要があるんじゃないかな

惣谷　なるほど、じゃあ、自分の芝居なんてなくていいんですね

神野　沢村の場合は、それでいい

惣谷　僕は、それじゃ駄目なんですか？

神野　惣谷もそれでいい。でも……

惣谷　でも、何ですか？

神野　売れている方々は自分のスタイルや芝居があるようにも聴こえるよな

惣谷　はい、そう聴こえますけど……違うってことですよね

神野　いや……だからそこが違うってわけじゃなくて、難しいところで……
惣谷　えー、じゃあ正解は何なんですか？

神野は、話しながらあらためて考えた。表現に正解なんてない、いや正解と思った常識を覆して、人の心を打ち抜いた人が売れるのだ。大切なのは人の心に届くことだけ。伝わる表現なら、何でもいいのだ。何が正解かは、その人の能力・個性によって違う。大人は、若者それぞれに直接話し掛けなければいけない。

人を育てることにマニュアルなどあるはずがない。それは声優に限ったことだけではないはずだ。人は千差万別、十人十色。一つの小さな価値観は、向かいの相手には響かないことが多々ある。当たり前のことだ。それをわかったうえで、教育マニュアルをつくり、それを一通り読んだだけの人が子どもに何かを教えたりする。教わる側も、むしろマニュアルがあることを安心や信頼の材料とし、何かを任されるようになった後も、そのマニュアルを心に握りしめて作業に向かう。そして実績を積み、そのマニュアルを持って今度は人を教育する。その負の連鎖が歪な世の中を生んでいるのではないか。

マニュアルというのは、本来廃れていくものだ。人が変われば変わっていくわけだから。

それでも人はマニュアルを求める。人生最初のマニュアルが教科書というものなのだろうが、近年では教科書に出ていないことをテストに出すと親が学校に抗議に来るらしい。わからないでもないが、大人になったら教科書（＝マニュアル）には出ていないことが日々起こる。マニュアル通りにやっても褒めてはもらえない。少なくとも芸の世界は全てがそうだともいえる。誰でもできることを教わった通りにできたところで人は感動しない。芸にもマニュアルがあるのだとすれば、その壁を突き破ってこそ、人の心を震わせることができるというものだ。

近い将来、ＡＩが台詞を喋るようなことにもなるだろう。ありとあらゆるマニュアルを叩き込んでファイリングされたＡＩが、声優の前に立ちはだかる時代が来る。しかしそのＡＩ声優の台詞に、我々は本当に心を打たれるのだろうか。懸命に、必死に追い求めた人間のそれは、マニュアル通りの作業では絶対に越えられない。それは逆にＡＩには取って代わられないことを意味してもいるのではないか。時に型を、そしてその型をまた破って、人の心に届く台詞を演じられる声優を目指さなければいけない。それが我々に課せられた使命なのだ。

三　一流声優だからこその難しさ

声優の仕事がどれだけ魅力的で奥が深いか、少し伝わっただろうか。むしろ声優の仕事とは思いのほか難しいとさらに感じられている方がいるかもしれないが、そもそも仕事というのはどんな職業であっても簡単なものではない。難しさがあってこそ楽しいのもまた事実。だから辞められない。こんな素晴らしい世界は無いからだ。そして、表現という芸事は必ずしもプロである必要はないとも思う。むしろプロではないが表現に興味があるという人が多くいることが重要だ。読者の一部で、すでにプロとして活躍されている表現者の方々はよくおわかりではないだろうか。

ここからは、少しベテランの声優に登場してもらおう。最初に登場した新人声優の杉村繭子に神野マネージャーが話していたが、声優というのは、分野をまたいでこなすことが非常に難しい。声優は事務所がアプローチする全ての分野をやりたいと思うものだが、実際はある一分野の仕事しかできない声優が多い。それが現状だ。

これは、事務所の怠慢や嫌がらせなどではない。ここまでの話でかなりおわかりかもしれないが、整理してみよう。まず、声優・ナレーター事務所の仕事は大きく三つの分野に分かれる。一つ目は、アニメーションや洋画・海外ドラマの吹き替え、ゲーム音声など、業界的には「音制連関係の仕事」と言っている。二つ目は、主にテレビ局・ラジオ局・映画会社発の仕事、テレビ番組のナレーションやラジオ番組のナビゲーター・パーソナリティ、映画予告のナレーションなど、文字通り「番組・映画関連の仕事」。三つ目は、主に広告代理店発の分野。テレビ広告のナレーションやラジオ広告の出演、企業関係のプロモーション映像に入れるナレーションや各種台詞など、いわゆる「CM関係の仕事」だ。この三分野、声優としてはどの分野にも興味があるし、仕事としてやりたいと考える。これは当然のことで、多くの声優がそれを目指す。しかし全ての分野を網羅することは非常に難しい。事務所としてある一分野しかやらせないなどという方針など出すはずがなく、何とか全員に全ての分野をやらせたいと考える。だが、実際は難しい。ここまでの神野マネージャーの話からもわかっていただけた部分は多少あるだろう。

その事務所の成り立ち上、ある一分野しかやっていない事務所も多数ある。演者が全ての分野を網羅するのも難しいが、それ以上に事務所が営業的に網羅することのほうが難しい面もある。事務所経営としては一分野のみの営業で進めたほうが上手くいく場合が多い。会社の方針がシンプルでわかりやすく感じ、目指す高みも明確だったりする。しかし演者がある程度売れると、そこからが難しい。

アニメに出演し、ゲームの声を担当し、海外ドラマの吹き替えをやり、CMのナレーションも映画の劇場告知ナレーションも番組のナレーションもやるというのは本当に無理なのか。声優に興味がある読者なら「やっている声優さんが第一線にいるじゃないか！」と思うかもしれない。現に思い当たる人が何人かいる。

つまり、若いうちは無理だが、第一線の実力のある声優なら全てを網羅することができるということなのだ！と言いたいところだが、そう簡単な話ではない。全ての声優がそれを目指すのは当たり前のことで、できなくてもそれは〝ただの実力不足〟という理論も間違いではないと思う。しかし、そうなのだとすると全員がやみくもにトップ声優を目指せということになってしまい、トップ声優とは何なのかだけが大命題となってしまう。

トップ声優・ナレーターに共通するのは、唯一無二の特徴的テイストだが、全員がそうしたテイストを得なければいけないはずはない。芸の世界、目立つ主役も必要だが、バイプレーヤーはどんな作品にも必ずいる。むしろバイプレーヤー的声優のほうが幅広く仕事をしていないとおかしいのではないか？

前項で、神野が惣谷友一に説明する中でも、〝特徴ある唯一無二の芝居をつくってあてるのが声優、ということではない〟という結論になっていたではないか。

「なるほど、じゃあ、自分の芝居なんてなくていいんですね」

「惣谷は、それでいい」

神野はそうも結論づけてもいた。しかし、

「売れている方々は、自分のスタイルや芝居があるようにも聴こえるよな」そうとも言っていた。

「はい、そう聴こえますけど、違うってことですよね」

「いや、だからそこが違うってわけじゃなくて、難しいところで……」そんなくだりで終わっている。これはどういうことなのか。

今度はベテラン声優の話を聞いてもらって、もう少し問題の根本に近づいてみよう。

三‐一　分野によって違う常識の真実　～笹木亜紀子～

笹木亜紀子《ささきあきこ》は、外画に強い大手声優事務所から赤坂事務所に移籍したベテラン声優だ。外画では誰もが知るハリウッド女優の吹き替えを担当、アニメでも多くのヒット作品で重要脇役をこなすなど実績は十分。赤坂事務所の中でも中核を構成するメンバーの一人で、その芝居の重厚感から、移籍メンバーの一人にもかかわらず、周囲からは事務所の象徴的存在として見られるまでになっている。

しかし亜紀子にはわからないことがいくつかあった。かつて所属していた事務所を円満に退所し、特に揉めることなくスムーズに移籍。前の事務所ではあまりできなかった赤坂事務所が強いといわれる〝CMや番組のナレーション〟の仕事ができると期待していたのだが、ほとんどできていないのが実情だ。仲間の声優からは、すっかり赤坂事務所に馴染んだように思われているが、亜紀子自身は全く手応えがなかった。

これまで説明してきた通り、声優に限らず多数のタレントをかかえる事務所は、一人のタレントに一人マネージャーが付くわけではない。特に声優の場合、そのギャラの大きさや構造から、一人のマネージャーが一人の声優だけをみるということはあり得ない。赤坂事務所など多くの場合、マネージャーは全員、一つの分野の営業社員となっている。よって、この営業担当＝マネージャーの評価が重要にはなる。もちろん最終的な判断はトップがするわけで、そのトップとの芝居感も含めた信頼関係は重要だ。しかし、声優自身は目の前の仕事を担当してくれているマネージャーは評価をしてくれていて、仕事を入れてくれないマネージャーは自分を評価してくれていないのだと考えてしまう。亜紀子もそう考えはじめていた。自分は赤坂事務所では評価されていないのではないか。実績を評価されて移籍、外部からの評価は変わらないものの新しい分野の仕事は無い。これでは移籍した意味がないのではないかと。

亜紀子は、かつては演劇界の東大ともいわれた劇団の老舗「文芸座」の出身だ。そのクールで端正な佇まいから劇団の中心的存在になると期待されていたが、芝居を観た音響監督の強い希望で、ある海外ドラマの吹き替えでメインの役を担当すると、その名は一気に広まった。結局文芸座の劇団員としての名前は残したまま他事務所に所属することとなり、その後声優としてブレイクした。赤坂事務所に移籍後もアニメや外画での重要な役柄をこなし、その知名度は変わらない一方、精力的に舞台にも出演、後進の育成にも力を注いでいる。

どこの事務所でもやっていけると評価されている亜紀子がベテランといわれる年齢になってどうして移籍を希望したかと言えば、前述の通り、ＣＭや番組のナレーションをやりたかったからに他ならない。しかし、できていない。それは何故か。マネージャーとのコミュニケーションの問題だろうか？　そうだとしたら、その問題は解消できるはずだし、しなくてはいけない。仕事には向き不向きがある？　そんなこともあるかもしれない。だとしたら、どう向いていないのか。何故マネージャーは何も言ってくれないのか。赤坂事務所は謎の多い事務所ともいわれるが、亜紀子にとってそれは所属になっても変わらなかった。

亜紀子は六本木にある事務所を訪れ、会議室で神野を待った。台本を取りに週に何度も立ち寄る事務所だったが、会議室に通されたのは移籍の時以来だった。

笹木　神野くんとわたし、こうしてしっかり話すのは初めてよね。本当は一番最初にお話ししたかったんだけど、何かあらためてゆっくりって言われてたから悠長に構えてたら、何だか本当に色々わからなくってしまって……

神野　すみません、まぁでも、うちの事務所のことを少しわかってもらってからのほうが話しやすいかなと思ったので、いいタイミングです

笹木　単刀直入に言って、わたし、どうなのかしら？　赤坂事務所の評価としては

神野　笹木さんほどの人が事務所の評価なんか気にしないでください。問題の大半はこっち側ですから、そこは疑心暗鬼にならず

笹木　そう……でも明らかに前の事務所と違って、事務所が何を考えているかわからない感じなのよね

神野　まず、笹木さんがいた前の事務所だと、基本チーフマネージャーがいて、同じようなことをやっている若いマネージャーが何人かいて、基本はチーフと笹木さんとの話し合いで何でも決められるし、反省もできるし、不安材料の共有もできる。先々に起こることもそこで想定できたりする。そうですよね

笹木　ええ。それはどこの事務所もそうよね？

神野　いえ、それがそうじゃないんです。色々な分野の仕事をやっている会社だと出る問

題です。問題が大きい典型的な事務所が赤坂事務所です

笹木　どういうこと?

神野　分野をまたいで営業している事務所はみんなそうなんですけど……。例えばアニメ班のチーフマネージャーはアニメ以外のことは全くわからないから、アニメ分野以外のことを聞かれても困るわけです

笹木　それはまぁそうだと思うんだけど、じゃあ誰に聞いたらいい?って質問すると、悩むのよね。誰に聞いたらいいかくらい教えてくれてもいいのに

神野　誰の名前を挙げるべきか、わからないんですよ

笹木　それは、CM担当の上のマネージャーとか、誰か教えてくれてもいいんじゃないの?

神野　チーフクラスの誰でもいいなら、笹木さんから声を掛けても同じです。でも、誰か名前を出せば、その人が背負うことになる。そこで背負う人は誰かって話なんですけど、他分野のマネージャーにはわからないんです

笹木　どういうこと?

神野　例えば、アニメのマネージャーには、赤坂事務所にどうしてCMの仕事がこんなに

あるのか、本当はよくわかっていないんです。CMで売れている人がいっぱいいるからCMの仕事がある、ということではないんですよね。要するにアニメと構造が違うんですよ。だから、逆も然り。CMをやっているマネージャーは、アニメのことは全くわからない。だから、アニメでネームバリューのある笹木さんが移籍してきても、正面から話ができる人がアニメ分野以外のところにいないんですよ

笹木　わたしはCMでは全く実績は無いわけだから、新人と同じようにゼロから話してくれればいいいんだけど……

神野　それができないんですよ。笹木さんがどうやればCMができるようになるか、新人に話す内容と同じことを話すと、その内容にアニメのマネージャーが反対するんですよ。だから、笹木さんから他分野の話が出ると、アニメのマネージャーは拒否反応が出るわけです

笹木　でも、今までにも赤坂事務所に移籍してきて成功している人、いっぱいいるわよね。私もそれを聞いてきて、移籍してきたわけだけど、話をしたマネージャーはみんな神野くんだったって、入ってから聞いたのよ

神野　そう言われると、光栄なんだか困ったことなんだかわからないんですけど。因みに、

私はこの業界でも異端児といわれています。他のどのマネージャーとも違うのでしょうね。声優業界の難しさがわかる唯一のポジションに入れられてしまったって感じです

笹木　何だかよくわからないけど、要するに、わたしも神野くんに相談すればいいってことね

神野　厳密に言うと、笹木さんがアニメや外画以外の仕事を求めてどこか事務所を探しても、まずその相談に乗って、本当の解決策を考えられる人はいないということですね。私は、その難しさを多少知っている唯一の人ということにはなるでしょうか

笹木　なるほど、少しわかってきた。つまり、アニメや外画だけをやってきた声優が、ベテランになってから急にＣＭや番組のナレーションをやりたいとか言っても簡単じゃないし、相談するマネージャーがいるわけでもないってことね

神野　そういうことです

笹木　唯一神野慶太を除いて

神野　いや、私の力ではどうにもならないかもしれないんですけどね……

笹木　赤坂事務所の声優といえば、レベルの高い芝居とナレーションが売りでしょ。数々成功させてきたその秘訣を神野くんは知っている

神野　あんまりハードル上げないでくださいよ。でも、そこまで言われるのであれば、多少覚悟をもってお話しします

笹木　ようやくきたわね、噂通り

神野　やはり誰かに聞いてきたんですね。では、じっくりいきましょう。まず、ナレーションといっても色々あります。様々な種類の広告、例えばテレビCMのナレーションとラジオCMでは全く違う考え方があって、求められるものも違います。番組ナレーションなんて言葉でざっくりひとくくりにして営業していますけど、報道、情報、スポーツ、バラエティ、ドラマ、ドキュメンタリー……その全てで求められるものが違います。因みに「様々な方向性に応えられる技術を持っている人が求められる」ということではありません

笹木　ほう……

神野　持っているタレント性に、求められる考え方を乗せて、どう色々な現場で必要とされる存在になるかってことです

笹木　あー、何かわかるようなわからないような……

神野　要するに、どう仕事を広げるかって考えた時に、〝ナレーション〟みたいなことで

ひとくくりにはできないってことです。アニメと外画をひとくくりにできないという以上に、番組とCMはかなり違います

笹木　そういうことね。じゃあ、とにかく一つひとついくしかないわね。まず、CMのナレーションかな。やりたかったし、昔からの仲間も結構やってるから、やれると思って移籍してきたし

神野　そうですよね。まず広告の仕事をする時に、新劇出身者が決して有利ではないことはわかりますか？

笹木　えー、新劇出身って不利なんだ。アナウンサーとかのほうが有利ってこと

神野　いえ、アナウンサーも、不利な要素は多いですね

笹木　新劇出身じゃない……〝声優さん〟みたいな人のほうがむしろいいの？

神野　新劇出身じゃない声優さん……それってどういう声優さんですか？　声優さんは、新劇出身か、新劇出身の人に教わった人か、そういう芝居を研究した人がほとんどだから、声優＝新劇的芝居くらいに考えているんですけど……

笹木　そうよね。じゃあ、どんな人が有利なの？

神野　映画やドラマの顔出しの仕事で、決して新劇出身の人が有利とは言えないっていう

のと同じです。広告の場合もとにかくリアリズム重視。新劇出身の役者さんではなく、映像や小演劇系の俳優のほうが好まれるということです

笹木　へー、そうなんだ。なるほど……

神野　これ、新劇出身の笹木さんだからわかるんですけど、マネージャーや制作のスタッフはあまりよくわからないんですよ。ＣＭのマネージャーからすると、笹木さんはナチュラルに芝居する人ではないから広告には向かない、どう言っていいものかもわからないということになります

笹木　わたし、言われればやるわよ。小演劇だってたくさん出てるわけだし、全然やれるんだけど

神野　そうなんですよね。でもそれを知っている人は少ないし、知っていても詳しくはわからないんですよ。知っている必要などないと考えている人もいる。だから広告の現場やＣＭのマネージャーと相対する時は、新劇俳優としてのそれは、全て封印するというのが一つの手法です

笹木　なるほど。でも、声優ナレーションで成功している人達、そんな感じもしない人も多いけど……

神野　そう、今私が言ったのは一つの手法。因みに、声優ナレーションで成功している人達というのは、テレビ番組のナレーションのことですよね、それはまた別です

笹木　あー、番組はまた違うんだった

神野　まぁ番組ナレーションを応用した形でCMをやっている人もいるのでややこしいんですけど。番組の中でも、報道、スポーツ、バラエティ、ドキュメンタリーでは全く違っていて、一度に説明はできないと思うので……。何からいきましょうか？

笹木　そうなんだ……。CMのさわりだけでもお腹いっぱいなんだけど、せっかくだから色々聞いておこうかな。何から聞くのがわかりやすい？

神野　ドキュメンタリーのナレーションを考えてみましょうか、先ほどお話ししたCMと共通する部分が多いので

笹木　ドキュメンタリーとCMに共通することがあるんだ。確かに、両方ともナチュラルな語り口みたいな感じがするけど

神野　ここでイメージするのは情報番組ではなくて、密着型のドキュメンタリー番組のことなんですけど、こういうプログラムに共通するナレーションで大事なのは、声のテイストとかトーンではなく、ナレーターの〝立ち位置〟です

笹木　ナレーターの立ち位置？
神野　一般に〝ナレーションといわれるような声の仕事〟をやるうえで一番重要なことです
笹木　ナレーションって、立ち位置が一番重要なんだ……
神野　はい。よく、読んではいけない、話すように語るように、なんて言いますけど、意図的に話すように読んでも、それはむしろ嫌らしく読んでいるようにしか聞こえないですよね
笹木　それはわかる。だから、ナレーションって難しいのよね
神野　しかも、上手く、話すように喋れたとしても、それが必ずしもいいナレーションになるとは限らない、そうですよね？
笹木　そう、心に刺さる語りとそうでない語りがあるのよねぇ
神野　そこです。いいナレーションというのは、心に刺さる語りのことなわけで、僕らはその手法を探っている。決して、〝上手く読んだ〟喋りではないということです
笹木　ものすごく納得
神野　〝立ち位置〟というのは、語り手が〝どこにいるか〟ということです
笹木　どこに？　ナレーションやる時は常にブースの中よね

神野　キューランプが灯ればどこへでも行ける、何にでもなれるのが女優の特権ですよね。常にブースから喋っているわけではないでしょう

笹木　あー、立ち位置ってそういうことか……

神野　密着ドキュメンタリーの場合、取材対象者を追いかけているカメラの目線が常に存在する。そこに取材担当ディレクターや記者がいて、ナレーターというのはその取材スタッフの代弁者であることが多い。だから、そのナレーションはその現場にいる記者の心の声でもあるわけで、その捉えている画の中に入っていくのが必要なわけです

笹木　なるほど！　だから、女優の能力なのね

神野　ＣＭでも、多くの場合、画の中に入っていくことが求められる場合が多いんですが、その指示はディレクターからあるわけではないんです

笹木　えっ⁉　演出の指示はないの？

神野　ナレーションにおける演者の立ち位置は、聞いているほうには明確にわからないものです。それは、あくまでも演者個人の手法の域であって、映像のディレクターには関係ない、というか、それはナレーターのテイストだと捉えていると思います

笹木　あー、そうか……。舞台の演出家や外画のディレクターだと、芝居をつけるのが役

目なわけだから、当然俳優の演技に指示を出すけど、映像のディレクターさんって、基本、声と映像が合っているかどうかのことを考えている感じがするわね。ナレーターの立ち位置なんて、こっちが決めることなのか

神野　そういうことです。小演劇系の役者さんとか映像中心の俳優さんだと、何も言わなくてもまず画の中に入っていくところから始める人がほとんどなんですよ

笹木　なるほどね、確かに小演劇的にアプローチするとほっといてもそうなるかも。何か、わたしできるような気がしてきたけど、気のせい？

神野　笹木さんは、テレビＣＭのナレーションはできると思いますよ。新劇といっても文芸座ですしね、小演劇もお好きでしょうから、演じ方一つです。ＣＭのマネージャーに対しては、新劇系のお芝居を封印して、リアリズム系の芝居だけをみせればいいわけです

笹木　わかった

神野　そこで注意しなければいけないのは、〝立ち位置〟が違う作品を混同しないことです。先ほどのドキュメンタリーの話は、番組というカテゴリーの中でも特殊なものですからね

笹木　だよね。そうだと思った。ちょっと神野くん、今日はここまでかな。わたし、まずはできるところからいくわ

神野　そうですね。でも、もう後戻りはできませんよ

笹木　もちろん、望むところよ

芝居のレベルが高く、経験値も高く、それでいて年下のマネージャーの話に素直に耳を傾けられる笹木亜紀子は、やはり業界の第一線を走り続ける声優だ。彼女と神野の話はまだ途中だが、一足飛びに話しても現場には結び付かない。

芸事は時間がかかる。経験を積めば考え方も変わっていく。神野の話は、聞き手の芸事の経験値によって受け止め方が変わる。外画やアニメの実績が十分ある一方で、小演劇も経験していた笹木亜紀子だから広告のナレーションやドキュメンタリーの説明はしやすかった。だが、報道番組やバラエティ番組の話はまた全く違う。報道番組やバラエティ番組のナレーション、これを声優が担当することは珍しくないが、このことについての説明には、危険な要素が含まれる。

三-二　ナレーターという肩書の誤解　〜紫藤大斗〜

若い頃は声優やアナウンサーとして活躍し、年齢とともに〝ナレーター〟にシフトしていくという考え方がある。業界ではまるで常識のようにいわれているが、それは都市伝説であると言いきりたい。この考え方があるということ自体、本質を見失っている証明でもあるのではないかと。

そもそも〝ナレーター〟というのを一つの職業だとして、それを目指して〝読む〟練習をしてはいけないのだということははっきりしている。ナレーターというのは、その作品においてナレーションを担当する人の呼び方に他ならない。俳優、アナウンサー、歌手、落語家や講談師などどんな芸事をやる人でも担当する。そして、そんな喋りを生業とする人に限らず、ナレーションは誰でもやる可能性がある。作品に参加したてのアルバイトスタッフがやるようなことすら珍しくない。

「私は、声優になりたいわけでもなく、アナウンサーになりたいわけでもなく、ナレーターになりたいんです」という人がいる。それを謳った「プロのナレーターになるための教室」などというものも存在するが、現実の第一線のナレーターの多くはナレーターになるための勉強をしてきたわけではない。事実上ナレーターを生業としている人は数多くいるが、俳優出身か、アナウンサー・ラジオＤＪ出身の人がほとんど。またはそれらあらゆるプロ表現者を研究して自らもその分野に足を踏み入れる人もいるが、ナレーターとしての基礎がナレーションにあるわけではないのだ。

声優やアナウンサーからナレーターにシフトするのではなく、新劇俳優は新劇俳優のまま、アニメ・ゲーム、外画やナレーションを担当する。アナウンサーはアナウンサーのまま、司会も実況もナレーションも変わらずやるだけ。シフトするわけではない。

一般に、声優・ナレーターとして目立つ方々は、年齢が高い人が多いようで、そのためナレーションは年齢が高くなってからやるものだという潜在意識がある。したがって、ナレーターにシフト、みたいな誤解が生まれるのだが、これには様々な理由がある。

ある大御所の声優さんが「ナレーションは少なくとも四十代、いやそれ以上にならないとできない」と自らのワークショップで言ったそうだ。かなり乱暴な言い方だが、これがあながち間違いとは言えない。ナレーションは、説明的語りになることが多く、ある意味、上からものを言うことになることが多いわけだから、人間としての〝格〟つまり経験値が求められることがしばしばだ。「バブルの印象が今も消えないのだ」というナレーションがあったとする。若い人が語ったところで全く説得力はない。だから単純に年齢が高い人でないとできない、という理屈も成り立つ。作品によってどんなナレーターがベストなのか、それを選ぶのは簡単なようで難しい。長寿番組には必ずその作品にピッタリのナレーターがいるものだが、それは逆にプログラムにおいてのナレーター選びが難解なことを物語ってもいる。

紫藤大斗《しどうひろと》は、赤坂事務所の中では中堅といったところだ。大学在学中に声優学校の夜間部に通い、新劇出身の声優に師事してワークショップにも積極的に参加し、赤坂事務所には何のコネクションも無いところから応募し、預かり生を経て所属声優となった。

埼玉出身の紫藤は、高校までは芝居に全く興味がなく、ひたすら野球に打ち込み甲子園を目指していた。高校三年の夏、甲子園の予選が終わると抜け殻のようになり、受験にはなかなか向かえなかった。暇さえあれば仲間とゲームをし、カラオケボックスに入り浸る日々。もともと歌が得意で、歌っている時だけが気持ちを発散できる時間だった。将来は音楽関係の仕事に就きたいと思ったりするような時もあったが、そのための勉強を始めるまでには至らず、音大や音楽学科のある大学や専門学校に行こうなどとも考えなかった。結局一浪して都内の私立大学に入学。大学では何をしようか、入学後も全く情熱が湧かない。体育会野球部に入ってはみたもののすぐにやめてしまった。

その一方で、急に興味を惹かれたのがアニメだった。たまたま好きになった曲がアニメ主題歌だったところから作品を観たのだが、あっという間にその業界の魅力に憑りつかれた。その後、アニメソングをカラオケで毎日のように歌い、いつしか自分の将来の進路をアニメソングを歌う声優と意識するようになっていた。アニメソングを歌うのは歌手ではなく、全て声優だと勘違いしていた紫藤は、仲間とともに声優学校の夜間部に通うことにしたのだが、そこで逆に声優業のやりがいに目覚め、将来の生業として意識することになった。

神野は紫藤大斗のオーディション資料を聴き、歌のセンスがいいことを感じていた。音感とリズム感がいいことは、表現者であるうえで重要なことだ。それは、声優として歌の仕事があるからということではない。芝居やナレーション、どんな表現にもその人の音感やリズム感は出る。完成したナレーションのスタイルは、その声優自身が本来持っている音感やリズム感がベースになっているようなところがある。神野はそう考えていた。

赤坂事務所には、声優だけではなくアナウンサーやラジオＤＪなど様々な人が所属していることは述べてきたが、当然ミュージシャンもいる。メジャーデビューしているようなアーティストはいないが、特徴のあるナレーションを持っている人などが数人いて、俳優には出せない持ち味を発揮することは珍しくない。

紫藤大斗は、そのセンスのよさから、アニメや外画だけでなくＣＭのナレーションなども数多くこなしていた。基本その芝居は声優の師匠に教わった新劇調のものだったが、センスのよさからＣＭでも独特の持ち味を発揮して評価された。神野としては想定通りに成長してくれた声優だが、紫藤は報道番組のナレーションをやりたいと突然言いだした。

紫藤　神野さん、俺、報道のナレーションがやりたいんですよねぇ。得意なはずなんですけど、チャレンジする場もらえませんかね。狭き門なのはわかっているんですけど、声的に向いてません？　うちの事務所の人、やってるじゃないですか、何か毎回改編の度にオーディション音声を録ってるって聞いたんですけど、呼ばれないから……

神野　報道のナレーションね……他の事務所の声優さん、やってるね、いろんな人が

紫藤　またそうやって他人事みたいに……。うちの事務所の方もやってますよね？

神野　まぁね……

紫藤　でも、うちの事務所の報道やってる人、バリバリの声優さんじゃない人が多いですよね。まだ未開拓ってことでしょ、俺、チャンスないですかね？

神野　やりたいからやってみる、それで成果が出れば簡単だなぁ。やりたいって言っているからやらせてみる、でいいんだからね。でも現実はそんなに甘い世界じゃない。向いていない人をオーディションに送りだすだけでも事務所の信頼性は薄くなる

紫藤　厳しいなぁ……

神野　自分に何が向いているか、自身で判断できないのが難しいところというのもある。やりたいことが、本人に向いているとは限らない

紫藤　俺、外画やアニメだけじゃなく、ナレーションも向いているぞって言って、ここまでしてくれたのは神野さんですよ。もう一押しお願いしますよ

神野　そう都合よくいくか！

紫藤　神野さんって、やる前から「いける！」とか、「駄目！」とか、結構決めますよね。

まずやってみるみたいなのが無いっていうのが、俺なんかからすればすごい眼力だなぁって思うんですけど、今回は駄目ってことですか？
神野　まぁ、今のところそうだな
紫藤　やってもいないのに、何でわかるんですか？　因みに、俺、結構できますよ、あのタイプのナレーション
神野　うーん、そうだなぁ。じゃあ……紫藤はニュース番組は好きか？
紫藤　えっ⁉　まぁ、好きですよ、もちろん……
神野　今の政権、どう思う？
紫藤　は？　まぁ、特に何とも思わないですけど……ナレーションと何か関係あるんですか？
神野　じゃぁ、何で報道やりたいんだ？
紫藤　えっ？　だって、安定的に稼げそうじゃないですか。毎日あるわけだし……あっ……
神野　研究生の頃、散々言ったよな、仕事から逆算して表現を追求するなって。稼ぐために向いてないことをやろうとしても、できないぞって話
紫藤　はい……でも、俺、ニュースには興味ありますよ。毎日観てますし。それに、俺み

たいなテイストの人、ニュース番組のナレーターに多くないですか？　向いてると思うんですけどね

神野　自分では向いていると思うのか……。稼ぐために、自分の好きをねじ曲げようとしてるとしか見えないが

紫藤　そうですか？　そういう意味ではＣＭも最初は興味なかったですよ

神野　まぁ、紫藤はそういう男だな。しかし、ＣＭっていうのは身近なところにあるものが中心で、誰でも興味は湧くというか、作品自体そうでなければいけないものだし、誰もが身近な商品ということは当然紫藤にもその知識がある。だが、報道番組っていうのはそうはいかない

紫藤　はぁ……狭き門とか、そういうことじゃないんですか？

神野　まぁ、最近はトップ声優まで参加してくるからそれもあるんだけど、そもそも声とかトーンとか、ナレーションのテイストが自分に向いてると思っている人が、紫藤以外にも、たくさんいらっしゃってね。でも、その考え方じゃ仮に決まっても長続きしないって話

紫藤　どういうことですか？

神野　預かり生の時に、ナレーションという芸事をするにあたって、大事なポイントが〝三つ〟あるって話、したよな
紫藤　あー、出た。神野レッスンぽい話ですね。えーと、何だっけ？
神野　忘れたのか⁉
紫藤　いや、待ってください。覚えてますよ。まず、大事なのは日本語でしょ……
神野「日本語に対する造詣の深さ」
紫藤　それと、タレント……
神野「タレント性」ね。声とか、テイストとかも含めたボイスタレントとしてのタレント性だな
紫藤　えっと、あともう一つ、何だっけな？
神野　その三つ目が、報道番組に直結する重要なポイントだ。報道に限らず大事な要素。それを忘れたような奴が報道のナレーションやりたいって言うんだからなぁ……
紫藤　何だっけ。もう一つは、芝居やってるような人間には関係なかったような気がしたんだけどな……
神野　もう一つは、「ジャーナリストとしてのセンス」だ

紫藤　あー、それそれ、思いだした！　そうだ、みんな何それって言って食い付いたなぁ。それ、芝居に関係ないだろって俺は思ってましたけど

神野　その、紫藤が忘れていたポイントが、報道番組のナレーションをやるにあたっては、一番重要だってことだ

紫藤　えっ、それが!?　あー……いや、でも、原稿ってできてるんですよね。自分で書くなら話は別ですけど……

神野　実際に書かされることはないが、時には自分で書けるくらいのレベルじゃないと本当はいけない

紫藤　えー、でも、今やっている声優の仲間が書けるとはとても思えないけどな

神野　他の事務所の声優さんはね。でもうちの事務所から行っているアナウンサーの方々は書けますよ、みんな

紫藤　へー、そうなんだ……

神野　ニュース番組っていうのは、原稿はもちろん記者が書くけど、ナレーターも普段からニュースはチェックして、スタジオに入る前に打合せにも参加する。原稿をチェックできる能力も必要。地名の読み方を間違えたり、イントネーションを間違えたりしたら、

それはナレーターの責任。編集をチェックして、場合によっては生放送にも対応して、放送もチェックして、時には反省会にも参加する。それが、報道番組のナレーターの仕事だ。どうだ、できるか？

紫藤　はぁ……もちろん決まれば頑張りますけど……

神野　実際やる気があっても、できる下地がないと駄目だからね

紫藤　でも、それ、本当にナレーターの仕事なんですか？　声優にそんなことできないですよね？

神野　声優の仕事ではない。〝報道番組のナレーターの仕事〟よ。つまり、報道番組のナレーターっていうのは、アナウンサーの仕事がベースになってるんだ。さっき言った仕事内容は、アナウンサー的には当たり前にやらねばいけない仕事なわけ

紫藤　あー……そういうことか……。えっ、じゃ声のテイストとか関係ないんですか？

神野　まぁ、これが欲を言えば関係あるから、声優事務所に声が掛かるわけだ。ジャーナリスト的要素の高い、アナウンサー的な感性と知識を持っていて、そういうテイストのナレーションももちろんこなせて、さらに吹き替え的なものも出るわけだからそういう声優的仕事もこなせる、できれば響きのいい説得力のあるテイストの声を持った方……

みたいな人を探しているわけだね

紫藤　そんな人、いるんですか?

神野　なかなかいないね。実際、報道番組のナレーターで声優というと第一人者の人が思い浮かんでしまうでしょ。みんな彼女が目標なわけでね。いろんな意味であのレベルの人はなかなか出てこないと思うんだけど、制作側はわからないから、彼女みたいな人を求めて毎回募集しているってことなんでしょ……

神野は、話しながら自問自答していた。そんな人はなかなかいない、そうマネージャーが言ってしまっていいものか。いないなら、育てないといけないのではないか。育成していないのはどうしてなのだ。紫藤のような声優にアナウンサーとしてのいろはを叩き込むのは危険が多い。一つ間違うと全てが崩れてしまう。実際に、報道番組のナレーションを始めた声優は、その番組以外の仕事が少なくなっていく傾向にある。報道のレギュラーを始める前は第一線の声優だったはずが、報道のレギュラーが終わった瞬間に全ての仕事が無くなったということが現実にある。

逆に、アナウンサーに声優的要素を叩き込むのはどうだろう。これがまた難しい。しかもそこまで多くの需要が無い。そうであるなら、できそうかなと思える声優やアナウンサーに現場で勉強してもらったほうが一石二鳥なのではないか。
結局何事もそう結論づけてしまっている。これでは何も変わらない。神野の頭の中ではいつもこの問題がループしている。

紫藤　神野さん……俺のナレーションは駄目なんですかね？
神野　駄目じゃないし、やってるだろ。報道番組はやめたほうがいいって話だ。ベテランアナウンサーの外面だけ模倣したナレーションは意味がないし、危険なんだ
紫藤　なるほどなぁ
神野　報道番組は毎日あるから、レギュラーが決まれば収入が安定するとでも思ってるんだろう。その発想が芸事の根本を見失っている。何度も言ってきただろう
紫藤　わかりましたよ。神野さんには、愚痴も通用しないんだからなぁ
神野　報道番組のナレーションをやりたいっていうのは、ただの愚痴だったのか！
アナウンサーのナレーション、その模倣。声優業にとって、これをどう解釈し、どう折

り合い、どう戦うか、それは大きな命題の一つだ。大切なのは、観ている・聴いている相手にその言葉が強く伝わるかどうか。アナウンサーも俳優も、ナレーターにシフトするわけではない。表現の基本は、そのタレントの成り立ちによって変わる。アナウンサーならアナウンサーの、新劇俳優なら新劇俳優のものがある。リアリズム系の舞台俳優、ミュージシャンなどそれぞれの完成形が全く違うのは単に声質や話し方が違うからではなく、芸の根本が違うからなのだ。一般にはその全てを「声優・ナレーター」とひとくくりに呼ばれている。

いい作品には、必ずいいナレーターがいる。何故か駄目な作品には、駄目なナレーションが付いている。神野慶太にとって、いいナレーターを、その作品に最適なナレーターを世に送りだすことは最大のこだわりだ。偶然たどり着いた仕事ではあるが、自分のような役目がこれからもっと重要になるのではないかと感じてもいる。

赤坂事務所の所属タレントは、全員いいナレーションができる人であってほしい。それは神野の願いでもあるが、同時にどんなナレーションでも対応できるナレーターというのは存在しないのだということを啓蒙しなければいけないという使命感もある。どんなナレーションでも対応できる……それがプロであり、声優のナレーションではないのかと思う人もいるかもしれない。だが、まさにそれが声優という芸事の落とし穴なのだ。表現とは、求められるテイスト・声を上手くつくって、上手く読む仕事ではない。そのことを、まさに〝トップの表現者〟であるところの〝声優〟が伝えていかねばいけないのではないか。

三-三　仕事をシフトするという考え方の危険 〜杉村繭子〜

第一線で活躍する声優がたくさん所属している事務所を見ると、その所属タレントの年齢も十代から八十代まで様々だ。仕事は全て歩合制で、サラリーマンではないためもちろん定年は無い。何歳くらいの人に一番仕事があるか、というのも一概には言えない。アイドル声優なら若い時に仕事があって年齢とともに仕事量は減っていくのは当然だが、グラビアアイドルなどとはちょっと違う面もある。あくまでも作品に合うかどうかであって、声やテイストが年齢とともに変わってくれば、出演作品も自然に変わってくる。その過程で仕事量が激減する人などもいて、ここでも仕事の内容を〝シフト〟するという考え方がどうしても出てきてしまう。仕事の中心分野を変えるということ、例えばアニメから外画、外画からナレーション、みたいなことだ。

それは、多くの若い声優が気に掛かるところで、役者が集まるとその話になることは多い。若手のエース格となった杉村繭子も例外ではなかった。一定の評価を得て、特にアニメでは順調に仕事を始めた繭子だが、自分は将来、いつ・どう〝シフト〟するべきなのかを考えていた。

杉村　神野さん、アニメから外画にシフトする時って、ポイントは何ですか？
神野　うーん、難しい質問だ。そもそも〝シフト〟という考え方がどうなのかな……とね
杉村　そうなんですか？　でも、上手くシフトしている人がいますよね
神野　どうかなぁ。アニメはアニメの世界観を理解している人しかできないように、外画は外画の世界観がわかるかどうかと、新劇的素養があるかどうか、その芝居感・発声がどうかとか、様々な要素がある。シフトじゃなくて、芝居力があれば、その表現力やネームバリューとともにいろんな分野から声が掛かるってだけじゃないのかな
杉村　なるほど……
神野　もともとバリバリの新劇出身の人が、たまたま若い頃にアニメで売れる、でもキャリアを重ねていく中で外画の仕事量が増えていくみたいなこと。その逆もある。仕事内容をシフトするような考え方じゃない

杉村　でも、年齢いったらナレーターにシフトするっていうのは、完全にシフトですよね？

神野　うーん、それについては、アニメ・外画を両方こなすのともわけが違うし、むしろ〝シフト〟っていう考え方が相当違う

杉村　えっ、じゃぁ、みんなシフトしないんですか？　している方、多いような気がするんですけど……

神野　シフトしているわけじゃなく、年齢とともに仕事の量的にナレーションが多くなる時期がある、ってだけかな

杉村　えっー、そうですかね、完全にシフトした方いるはずですけど……

神野　ナレーションの仕事が多くなっただけで、アニメや外画をやめてナレーターになった、なんて人はいないよ、みんな同じ

杉村　そうですか……。私、最近ナレーションの仕事がすごく少なくなってしまって、たまにあっても何か上手くいかないんですよね。いつか上手く〝シフト〟できないといけないから頑張んないとと思っていたんですけど、そういうことじゃないんですか？

神野　声優として、例えばアニメの仕事があるっていうのは幸せなことだ。みんなそこを

目標に来るわけだからね。〝声優を目指していなかった新劇俳優〟のほうが早めに〝声優〟として頭角をあらわすことになる。皮肉な話なんだ。もとが〝新劇俳優〟だから、実績が付いてくると声優を脱したいと思ってしまうのだけど、そう考えないほうがいいって話。とにかく、その芝居観をリスペクトしてさらに勉強すること、アニメも外画も引き続き愛情を持って研究すること、それだけだ。ナレーションはまたゆっくり研究していけばいい

神野は、いったんそうねじ伏せたが、この先をどう説明するか、いつも悩む。声優が番組やCMのナレーションをやりたいのは当たり前のことだし、現に第一線の人はやっている。それはどう説明するのがベストなのだろうか。そして、年齢とともに仕事分野をシフトする「ナレーターへのシフト」などという定説が声優業界にはあるが、これが厄介な要素をはらんでいる。四十代・五十代になって、声優業・俳優業からナレーターにシフトして〝成功したように見える〟人が少なからずいるからだ。これは前項で説明した通り、高い年齢の人がナレーションに向いている面があることからくる偶然だと考えられる。

実際は、若い人にこそナレーションの仕事があるという側面も事実としてある。現場の

スタッフが若い子と仕事がしたいから、みたいなことを想像する方も多いかもしれないし、若い子のほうがギャラを安く抑えられるからなどと考える方もいるだろう。そんなことは全くない……とも言いきれないが、とにかく本質はそうではない。ナレーションという表現は、一つの理論で全てを解説できるものではないからだ。

杉村繭子は、近い将来赤坂事務所の看板声優となる。それは、単に第一線の売れっ子声優として君臨するということではない。様々な分野の仕事をする赤坂事務所だからこそ、その看板声優は様々な分野の仕事を全てこなす表現者でなければならない。それを期待されている。繭子本人も様々な仕事を幅広くやりたいとぼんやり考えているが、芝居もナレーションも日々疑問ばかり湧く。若くしてアニメ・外画・ゲームの他、CMや映画告知のナレーションなどで一定の成果を出してきた稀有な存在だが、周囲が思っているほど本人の頭の中は整理されていない。特にナレーションの悩みは尽きない。中でもバラエティ番組はよくわからなかった。現場に行って、最も手応えがない分野だった。

神野にバラエティ番組のことを聞いてみたい。それは繭子が預かり生の時から考えていたことでもある。特にバラエティ番組に強い関心があるわけでもなかったが、マネージャーになる前は放送作家だったという神野がこのことについて詳しくないはずがない、そう思っていたからだ。

杉村　神野さん、以前私がCMのことについて訊ねた時に、それは全てキャスティングミスって言ったの覚えてます？

神野　もちろん

杉村　でもあの後、小演劇とかも研究してわかったんですよ。そのまま行ったらキャスティングミス。でも対応すれば、私なりにいいセッションはできるんだって

神野　それはよかった。言った甲斐があった

杉村　だから、私もう少しいろんな表現を考えたいんです。分野を飛び越えることでわかることがたくさんあると思うんです。なので、番組のナレーションのことをもう少しお伺いしたいんです

神野　どうしてもそこにいくんだな。前回よりも難しいんだが……

杉村　声優は番組ナレーションという分野でも活躍していますよね、でも私にはその難しさがよくわからないんです、特にバラエティ番組とか、現場では特に問題なくできたなと思っても、手応えみたいなものが全くないんです。活躍している先輩方に聞いても、

自分ではよくわからないっておっしゃるんですよね

神野　まぁ、そうだろうなぁ

杉村　私、いくつかお仕事やらせていただきましたけど、とにかくバラエティ番組が一番わからないです。放送を観ても、何が悪かったとか、何で私だったのかなぁとか、とにかく何が何だかサッパリわからなかったです

神野　だろうね

杉村　現場はちゃんとできてたと思うんですよ。でもすぐ終わってしまって。現場にいらっしゃった方も上手ですねって褒めてくださって……。でも、それで本当によかったんだろうかって……

神野　ふーん、そうなんだ

杉村　また他人事みたいに言わないでくださいよ。どういうことなんですか？

神野　まず、僕らは〝上手に読む職人ではない〟よね

杉村　はい、それはいつも言われていることで……。あー、上手に読んで帰ってきたから駄目なのか。でも、神野さんがよく言っている〝相手の心に刺さる〟ような語りって、バラエティ番組ではできないですよね？

神野　バラエティ番組で〝相手の心に刺さる〟っていうのは、つまり〝笑いを生む〟ってことなんだ。それはわかっている？

杉村　えっ⁉　笑いを生む？　そうか、それが必要なのか……

神野　でも、ひと昔前と違って、ナレーションそのもので笑いを取ろうとしてはいけない。そこが重要だ

杉村　えっ⁉　どういうことですか？

神野　バラエティ番組のＶＴＲっていうのは、スタジオで観ているタレントさんの受けも含めて、全体で一つのコントを構成しているようなものなんだよね。つまり、そのナレーションがＶＴＲの映像も含めて、一つのボケになっているようなことを狙っている。それをわかっている人がやっているかどうかが重要なわけだね

杉村　あの……何を言われているのか、よくわかりません

神野　そうだね、だから簡単じゃない。笑いの構造がわかる人で、ナレーションのスタイルがある人で、それを笑いにして上手く使ってくれる演出家に出会った時に初めていいナレーションが生まれる。その番組がヒットした時に初めて〝いいナレーターが生まれる〟わけだね

杉村　はぁ……

神野　ちょっとハードルが高いかな。だから簡単じゃないんだ。コツを掴めばできるってものじゃない

杉村　笑いの構造とか、スタイルとか、ちょっとわからないですね。私ほんの数回バラエティ番組のナレーションやらせていただきましたけど、どうだったんでしょうか？

神野　まぁ正直言って、全部成立してなかったな

杉村　成立してなかった……。そうですよね、よくわかってませんでしたから。どうすればよかったんですか？

神野　うーん、現時点では無理としか言いようがないかな。仮にスタイルが確立したとしても、最近のバラエティ番組で、若い声優のそれを天然ボケで使うにはちょっと難しいところがある。笑いの構造に造詣が深い女の子が声優になって売れる……それは稀なケースだ

杉村　笑いがわかんないと駄目ってことですか？

神野　それはもちろんそう。ナレーションという芸においては、知っているということは重要な要素。なかなか理解してもらえないんだけどね……

杉村　うーん、何か、言われている内容がお芝居の世界とは全然違いますね。一つの感情や動き、言葉を掘り下げるというより、広く浅く色々なことを知っていることのほうが重要な感じですね

神野　お芝居にも最終的には必要な感覚なんだけどね。要するに、ナレーションっていうのは、日本語の知識ももちろん大事だけど、笑いや情報のバックボーンがないと、こなせないってことだよ。特にバラエティ番組は、スタイルが必要なんだよなぁ。笑いの知識だけでいいんならお笑い芸人でいいってことになってしまう。でも〝声〟と〝表現〟のスタイルが揃ってないと駄目なんだよね、しかもそのスタイルを使いこなせる演出家に当たらないといけない

杉村　何言われてるかよくわからないです

神野　まぁ、そうだな。ゆっくり説明していこう。何年掛かるわからないが

杉村　年単位なんですか……

　声優が注目されるようになって久しいが、一人の声優を売りだすために一つの番組がつくり出されるということは基本ない。声優というのは、世の中を席巻できるタレントでも

なければ、サブカルチャーの産物でもない。いい作品に不可欠な表現者の一人でしかないのだ。少なくとも本来はそういうものだ。

神野はいつも感じている。その〝真実〟が、事務所の考え方としてどうしても定着しない。どこの事務所もそうで、アイドルタレントをかかえる大手芸能プロダクションと、いわゆる声優・ナレーター事務所とでは、本来全く形態が違う。しかし所属する声優もマネージャーもどうしてもそうは考えられない。

事務所によって色々な考え方はあっていい。アイドルタレント中心の芸能事務所も声優業界に進出してきて、新しい世界をつくりはじめているが、早々に撤退する会社が後を絶たない。エンターテインメント業界全体が変わってきている中、声優・ナレーター事務所をどう位置付けるか。神野は、どうしたら業界全体を活性化させることができるか、そのことばかりを考えている。

四

声優・ナレーター事務所マネージャー　神野慶太

ここまで読み進めていただくと、声優についてかなりわかったと感じていただけるのではなかろうか。声優になりたい、声優と仕事をしてみたいなどと感じると同時に、声優・ナレーター事務所で働いてみたいと少しでも思っていただけたら幸いだ。

物語はフィクションであり、登場人物は全て実在する人物ではない。しかし、最初の項で後ほど説明するとしたように、ここまで声優陣の質問に答えてきた神野慶太が一体どんな人物であるかはお伝えしておかねばいけない。

四-一　神野慶太という男

神野慶太は、生粋のマネージャーというわけではない。マネージャーが憧れの職業というわけではないだろうから、生粋のそれというのも存在しないのかもしれないが、神野自身学生時代からマネージャーを意識していたわけでもなければ、声優業界を考えていたわけでもない。

高校時代の神野は、部活とバンド活動の二本立てだった。勉強はほとんどしていなかったと言っていい。興味のあった国語と社会の時間だけは机に向かっていたが、その他の時間は文字通りぼーっとしていた。一方で部活としていたテニスには心血を注いだ。とはいっても、テニスは素人の顧問が付いている程度の激戦区神奈川にあっては弱小高校で、インターハイを目指す県大会は一回戦を勝って大喜びしている程度だった。その一方で、データ分析、スイング分析、ゲーム戦略などについては成績トップの高校でも噂になるほどの知識と情報量を持っていた。神野は常にテニス雑誌を隈なくチェックし、最新のスイングや戦略、ラケットの性能などについては、学生時代にすでに専門家を凌ぐレベルだった。だが高校三年の夏の大会が終わるとテニスから完全に離れ、その後はギターに没頭し、受験には向かうことなく気持ちは秋の学園祭に向かった。

将来はどうするのか、高校生は大人からよく聞かれる。神野は勉強はといえば国語と社会だけ、その二教科以外は全く駄目な高校生ではあったが、芸能・スポーツ全般幅広く興味があり、マスコミ志望と早くから語っていた。弁も立つことから教育関係や政治家かと親戚一同は期待をかけていたが、本人は全く取り合わなかった。

両親を早くに亡くし、親戚に預けられて育った神野だったが、特にぐれるようなことはなかった。学生時代から一人で何かをやるのが好きで、孤独に耐えられないようなことは昔からない。クールな性格だからというのではなく、論理的なだけなのだろう。中学時代に両親が不慮の事故で亡くなり、本人も周囲も悲しんだが、これがどれほど大きなことだったかがわかるのは後になってからのことだった。当時の本人はこのことによって人生が大きく変わるとは思っておらず、むしろこれで人の痛みを堂々と聞いてあげられる人になれると感じてもいた。

理科が致命的に駄目だった神野は、国立大学進学を早々に諦め、当初の望み通り、マスコミ業界に多くの人物を輩出している東京の私立大学に合格。大学一年生の時からテレビ局でアルバイトを始めた。マスコミ志望とはいっても、新聞記者になって筆で世界を変えるのだというような崇高な目標があったわけでなく、大好きだったドラマの制作に携わりたいというのが本音だった。そんな心のうちもあって、「ドラマの制作を手伝いませんか」という売り文句に乗って制作会社のアルバイトに応募、テレビ局に常駐することとなった。その結果、大学に行くことはほとんどなくなり、日々ドラマ撮影現場とテレビ局を行き来していた。

大学では学校にほとんど来ない劣等生だった神野だが、ドラマの制作現場ではとにかく重宝され、制作会社の社長からは大学をやめてうちの会社に来ないかという誘いを度々受けていた。何とか大学は卒業したいと思っていた神野だったが、多くのドラマを手掛けていた脚本家の名塚陽一《なつかよういち》から声を掛けられたことで考え方は変わった。名塚の勧めで書いてみたドラマのプロットがテレビ局のプロデューサーの目に留まり、名塚の補助もあってその作品は放送まで辿りついた。神野はそれをきっかけに名塚の事務所で働くこととなり、脚本だけでなく、演出や演技の勉強に没頭した。その結果、大学は中退し、本格的にライターの仕事をすることになった。名塚のネームバリューもあり、名塚事務所に若くていい作家がいるという話はすぐに広まり、神野には多くの仕事が舞い込んだ。ドラマだけでなく、バラエティ番組の台本や舞台の脚本など多くの仕事を手掛けることになり、若くして信じられないような稼ぎを得た。

神野はもともと芝居の上手な俳優が好きだった。俳優さん達と食事をする機会があると、演技論を自ら仕掛けて長く話すことが多かった。二十五歳の時に、自分が書いたラジオドラマに出演してくれた女優と付き合うことになり、その交際は二年続いたが、その二年の間に神野の演技論はどこの演技評論家かと思うほどに進化した。

作家人生のターニングポイントになったのは二十七歳の時だ。彼女と別れて生活は荒れていく中、才能の行き詰まりも感じ、脚本だけでなく企画やプロデュースも手掛けたことで大きなストレスを感じることになった。さらに寝る間も惜しんで仕事をするようになった結果、ラジオ局の玄関前で倒れ、救急車で運ばれることとなった。緊急入院で長期離脱しますという旨を事務所に告げ、一切の連絡を絶った。しばらくは治療に専念するつもりだったのだが、検査の結果、医師からは「過労です」とだけ告げられた。休息以外の治療は必要ないと言われ、面会謝絶として一切の見舞いを遮断してはみたが、緊急入院した二日後にはほぼいつもに近い体調に戻っていることを本人はわかっていた。

神野はこっそり名塚に電話をかけ、長い話し合いの結果、事務所を離れることに決めた。それは、作家としての人生をやめるということでもあった。それからしばらく自身の今後の人生について考え、その期間は一週間程度だったのだが、後に途方もなく長い年月だったと記憶するほど家に籠った。スポーツに熱中した高校生だったにもかかわらず徹夜には弱い体質で、遅筆などという要素も考えると、神野が放送作家に向いていない人間であることは明らかだった。

そんな神野が赤坂事務所のマネージャーになったのは二十八歳の時である。お芝居にかかわる仕事ができればと思っていただけなのだが、以前に付き合っていた女優の情報からとりあえずという気持ちで履歴書を応募したところ、すぐに入社が決まった。収入は四分の一に落ちたが、当時の神野は、ただ前を向いて生きていければそれだけでよかった。

事務所に入った直後の神野は、とにかく声優業界のしきたりに慣れるまで時間がかかった。普通の芸能事務所なら、スカウト・育成・デスク・営業・担当と回っていくが、声優の世界にはスカウトという概念が薄い。全くやっていない事務所がほとんどと言ってもいい。事務所附属の養成所からの登用、声優学校のオーディション、協会主催のオーディションからの採用が大半だからだ。後に神野は学生の舞台などを観て回って声を掛け、事務所に登用するようなこともしているが、それは声優業界にあっては極めて稀なことだ。そうした一般的芸能事務所と声優事務所の違いとの対峙は、神野にとっては永遠のテーマにもなっている。それが声優マネージャーの難しさでもあるからだ。

事務所で最初に神野に与えられた仕事は、外画関係の現場フォローだった。制作担当から電話で仕事をもらい、台本とビデオを取りに行き、役者さんに持っていく。そして、次の仕事をもらうべくディレクターに営業する。これの繰り返しだった。声優のギャラは協会の規定で決まっていて、マネージャーと制作との間にギャラ交渉はなく、戦略などもほぼ存在しない。声優のギャラは、本編の収録のみで考えると、主役に抜擢されても端役で出ても同じ。声優業界では当たり前の話だが、神野がこの感覚に馴染むまでにはある程度の時間が必要だった。

少しだけ声優業界の雰囲気に慣れると、神野には仕事が次々に舞い込んだ。まだバブルの残り香がある時代で、作品が多く動いていたのもあり、アニメやゲームのキャスティング担当にも入り込んだ。

一方で事務所には、番組関係の営業をさせてほしいと要望を出した。作家時代、番組のナレーション原稿を書くのが好きだった神野にとって、声優を番組の〝ナレーター〟として世に送りだすことは、自分の使命なのではないかと考えていた。この分野の営業を担当するようになってからは、かつての仲間が声を掛けてくれたのもあって、様々な番組にかかわることとなった。その結果、マネージャー神野慶太の名前は広く浸透していった。

事務所内でも当然神野の評価は上がり、社長や重役陣以上に事務所所属のベテラン声優が神野を推し、協力を惜しまなかった。それからの神野慶太は、様々な声優をプロデュース・育成し、営業でも様々な分野を担当した。

アニメでも外画でも活躍し、ＣＭナレーションでも番組ナレーションでも多くの作品を担当するような、そんなレベルの声優がたくさんいる事務所をつくる。どの制作担当者からも信頼されるようなマネージャーが多数いる事務所をつくる。神野はそれを目標に掲げた。傍から見れば当たり前のことだが、声優業界というところでは、それを目標とすることすら難しい。神野はいつしかそれを主張できる立場になっていた。

四－二　里中眞末と神野慶太

年も暮れようかというある冬の日、神野は、事務所の研究生一期生である里中眞末《さとなかまみ》とその年のことを話していた。普段はあまり来ることのない六本木のカフェだったが、かつて里中と仕事のことで口論になった場所として記憶していた。

「懐かしいな、この場所。覚えてるか？」

「もちろん覚えてますよ、あんなナレーションじゃ駄目だって、散々言われて、私が泣いた場所です。病気で入院しても泣かなかったのに、後にも先にも泣いたのなんてあの時だけですよ」

説教されて泣いたように言っているが、里中が泣きはじめたのは神野が話しだす前だ。現場に納得いかず、悔しくて泣きだしたと記憶している。元来駄目出しで涙を見せるような性格でもない。

「眞未、所属になって何年になる？」

「20年ですよ、私も大人になりました」

「身体も弱いし、心も弱いし、最初はどうなるかと思ったが、今や事務所の看板声優だもんなぁ」

「看板じゃないですよ、もっと凄い方、たくさんいらっしゃるじゃないですか。それに私、心弱くないですよ。今の神野さんは知ってると思いますけど」

稼ぎやネームバリュー的に、里中は赤坂事務所の看板というわけではない。ただ事務所の研究生出身で、様々な分野の仕事を幅広くこなす彼女は、神野の理想に近い声優の一人だ。

里中はデビューマガジンのオーディションで事務所に来た。当時はまだネット募集によるオーディションは一般的ではなく、雑誌での募集は珍しくなかった。里中を研究生に登用したのは神野というわけではない。一次選考のテープオーディション時から注目されていて、登用はほぼ満場一致だった。その里中をどう育てるかだったのだが、思った以上に厄介なことがあった。

「母が宜しく言ってましたよ。神野さんは元気なの？って、いつも心配してます。母にとっては、うちの旦那より神野さんのほうが私に近いイメージみたいです（笑）」

「ああ、眞末のお母さんなぁ、しばらくお会いしてないが、元気なら何よりだ」

「私が病弱だったから、倒れる度に病院いらしてましたもんね。たいしたことないのに、母が怒りまくって、神野さんのせいじゃないってわかってるのに怒鳴って泣いて、大変でしたね」

「事務所で役者を預かるっていうのは、一人の人生を預かるってことなんだけどね……。そんなことを一緒に考えてくれるマネージャーはなかなかいない、それは今も昔も変わらないなぁ」

神野は、里中の母親が病院で泣いている姿を思いだした。「この子は、あなたにとってはただ仕事をする大勢いる女の子の一人かもしれない、でも私にとっては娘なんです。私にはこの娘しかいないんです、その子をあなたに預けるんです。わかってるんですか！」その声は今も神野の脳裏にはっきり残っている。自分のことは自分で決めなさい、大人なら誰しもそう言う。しかし若い役者は自分のことを全て客観的に見ることができるほど大人なはずはない。ましてや何も知らない世界に飛び込むのだ。頼りにするのはマネージャーしかいない。しかし子どもを成人近くまで育てた家族と本人の間にマネージャーが入ることなどできるはずがない。したがって事務所は、家庭のことを仕事に持ち込むなと言う。だが現実はそうはいかない。若い女の子ならなおさらだろう。自分のことを自分で決められるほど自立してはいないのだ。マネージャーの判断が時に若い声優の人生を決めることにもなってしまう。

里中眞未はメニエル病をかかえていた。受験の頃に急に発症し、当時はちょうど症状がきつい時期だった。預かり生という微妙な状況がより病状を悪化させていたとも考えられる。しかしマネージャー達は意に介さず乱暴に仕事を入れる。新人だから厳しい仕事でもやるのは当たり前で、仕事があるのをありがたいと思わない新人などいるはずがないという理屈一辺倒だ。

「でも神野さん、私、やっぱりあの時期いっぱい仕事させていただいて本当に嬉しかったですよ。すごいストレスで辛かったけど、あの一年があったからだんだん病気も治っていったんじゃないかなって思うし」

「お母さんはそんな風には考えない。当たり前だ」

「でも、最近よく言うんですよ。あの時の神野さんって、本当に立派だったのね、怒鳴ってた私が恥ずかしいわって」

「正しいのはお母さんだ。それは間違いない」

査定を前に里中が急に入院することになった時のことも神野はよく覚えている。病院を抜けだして査定に向かおうとしていた里中の気持ちを察し、神野は里中の母から状況を聞いて事前に病院に行き、説得した。里中眞末は所属になるから大丈夫、今は病院を出てはいけない。そう言って査定を欠席させた。

「でも、ホントにあの時もう私は所属になるって決まってたんですか？」

「決まってるわけがない。実際、身体が弱くて休みがちだから、無理なんじゃないかって話まで出た」

「そうだ、前にもその話聞きましたね。何か懐かしいなぁ。所属が決まりましたって話、病院で聞いて、母が泣いてたんですよね。別に所属になったところで給料出るわけじゃないのよって言ったのに、嬉しい嬉しいって……」

そんなこともあった、神野はその頃のことを思いだしていた。若い役者達と一緒になって芝居をして、一生懸命書いたものを演じてもらって、その作品をもって様々な作品と対峙して、ベストだと思う演者を推薦する。それは神野の生業であり、やらねばいけないことだ。だが年々その役割は純粋ではなくなっている。診なければいけない声優の数は雪だるま式に増え、一方で需要の量も傾向も変わってきている。自分はどんなマネージャーになりたかったのか、最近の神野はそのことばかりを考えている。

師走の六本木は、思いのほか寒かった。クリスマス前の東京、日本で最も賑やかな街のはずだが、裏路地のカフェは静かだった。ビルの谷間からは東京タワーが見える。その画は、神野がマネージャーに転職したばかりの頃と変わらない。街はそれほど変わっていないのだ。変わってしまったと思うのは、自分が変わったからに他ならない。

「眞末、最近病気は大丈夫か？」

「大丈夫です、これは本当に神野さんのおかげですよ。声優として一人前になれたことで病気は治ったんだねって先生から言われたんですから」

「そうか、それは何よりだ。素晴らしい。なぁ、一つ聞いていいか」

「何ですか？」

「声優になって、幸せか？」

「何言うんですか、あらたまって。最高に幸せですよ、他の人生を選ばなくて本当によかったです。神野さんには、感謝してます」

神野は、少し頷くようなそぶりをみせていったん席を立った。通りに出ると、足早に動く人の波が駅へと向かっていた。街はこれから夜へと向かい、太陽とは違う光が人々を照らす。その繰り返しは今も昔も変わっていない。この街はずっとそうなのだ。神野は、一瞬天を仰いだ。六本木の街には雪が舞いはじめていた。

（おわり）

あとがき

懸樋流水

本書はいわゆるコロナ禍に執筆し、二〇二四年四月に刊行という運びとなった。はじめにお断りした通り、フィクションの形態をとっていて固有名詞は全て実在しないものだが、声優業界のビジネス書として声優業界のために書いたもので、そこには真実がある。感じるものがあったと思っていただけたのなら幸いだ。

本書を読んでいただいた、例えばこれから声優になりたいと思っている若い人達などからすると「本書の筆者、懸樋流水とは何者なのだろうか？」という疑問があると思う。そう「あなたは一体誰なのですか？」という話だ。懸樋流水という名前で過去に何かを発表した形跡は無く、ネット上には何も出てこないだろう。神野慶太や杉村繭子をはじめ本書の中に登場した架空の人物については詳細な人となりが描かれていたが、著者については、この本のカバーに文字通りの略歴が書かれている程度で、情報が全くないと思われる。声優業界で働く方々はこのことをどう思っているのだろうと考えているかもしれない。

これについて、筆者が誰であるかは、声優業界の第一線で働くマネージャーの方であればすぐにわかる人が大半であると思う。御察しの通りである。しかし、おそらくネット上などでは様々な憶測やフェイク情報が出てしまうことは想像に難くない。そして、逆に本当のことがわかる方々は多分何も言わないのではないか。

昨今のネット上の情報というのは、フェイクと真実を見極めるのが非常に難しい。しかし、私達は常にフェイクを取り除き、真実を掘り起こす努力をしなければいけない。それは、人々が精神衛生上健全に生きていくための使命と言ってもいいものだ。これはネット社会といわれる現代人にのみ付きまとう問題で、パソコンやスマホが普及する以前はそんな努力をする必要はなかった。情報の出元は、新聞社・通信社・テレビ局・ラジオ局・出版社というういわゆる免許を持ったマスコミ各社だったからだ。現在のネット上の情報もそうした免許を持った会社から出ている情報かどうかで信頼性は大きく違う。

もともとマスコミュニケーションにおいて悪意のある情報を意図的に出すことは法律上でも禁止されているし、倫理上も許されることではない。本書も出版社の方々をはじめ様々な方の校閲を経て刊行に至っている。それは、ネット上に日々溢れている誰のチェックも経ていない情報とは全く違うものなのだ。そのことをもう一度再確認して、日々ネット情報を〝診て〟いただきたい。

昨年公開された大作アニメ映画では、事前に情報を全く出さないという宣伝手法に出たが、何の先入観も持たず観てほしいという作者の強固な想いが感じられる。ネットに情報が出回ってしまう昨今のネタバレ視聴に対する挑戦なのかともとれる。結果はどうだろう。あの素晴らしい作品に対して、ネット上には妙な評価や様々な憶測がまだ飛び交っている。大事なメッセージはなかなか伝わらないようである。あの作品を観た若者に、作者の想いはいつか伝わるのだろうか。

現代は日々感じたこと想ったこと思い付いたことを何のフィルターも掛けず発信する時代なのかもしれない。そのことが多くの問題を引き起こしているが、一方でそれを規制すると自由に発信できなくなることへの弊害が出るとも叫ばれている。今だからこそあらためて考えたい。情報を発信するということには、常にそのことに対する責任も発生する。普段一人で〝呟いている〟ようなことを無記名で書いて、それが世界中に発信されるというのは本来問題があると私は考える。発信者には責任があり、それがフェイクではないことを説明できる立場にないといけない。情報発信とはそういうものだ。出版社が出す本の中にある真実、テレビ・ラジオや新聞など〝免許を持っているメディア〟が発信する情報をまず信じてほしい。無免許で発信するネット情報は、常に事故の危険を孕んでいるということは言うまでもない。

この『声優白書』には、声優業界の真実を込めた。本書を通して、声優という生き方の芯の部分に触れ、それをこれからの日々に活かしてほしい。それが筆者の切なる願いである。そして前を向いた先に、声優・ナレーターという表現者としての道、その文化を支えるスタッフへの道が見えていたら何よりだ。いつの日か、そんな方々と一緒に仕事ができることを楽しみにしている。

二〇二四年四月

〈著者紹介〉
懸樋　流水（かけひ　りゅうすい）
1966年生まれ。鳥取県倉吉市出身。
大学入学と同時にマスコミ業界に飛び込み、テレビ・ラジオ番組の制作に携わる。22歳の時に放送作家となって事務所に所属、数多くの人気番組を手掛けた。28歳で転職、声優事務所の社員となり、声優・ナレーターのキャスティング、マネージメント、育成に従事。現在もその仕事を継続している。

声優白書《せいゆうはくしょ》

2024年4月30日　第1刷発行

著　者　　懸樋流水
発行人　　久保田貴幸

発行元　　株式会社 幻冬舎メディアコンサルティング
〒151-0051　東京都渋谷区千駄ヶ谷4-9-7
電話　03-5411-6440（編集）

発売元　　株式会社 幻冬舎
〒151-0051　東京都渋谷区千駄ヶ谷4-9-7
電話　03-5411-6222（営業）

印刷・製本　中央精版印刷株式会社
装　丁　　秋庭祐貴

検印廃止

ISBN 978-4-344-94965-2 C0093
幻冬舎メディアコンサルティングＨＰ
https://www.gentosha-mc.com/